后浪出版公司

A Doctor's Dictionary

一个医生的
非医学词典

叶维之 / 文　韩美林 / 图

北京联合出版公司
Beijing United Publishing Co.,Ltd.

推荐序　解剖的精神

"并不是每一个词、每一句话都是可以幽默的，但我们也并非不能使每一个词、每一句话发生幽默。"这是叶维之在这本书的序言里说过的话，其实也是这位聪明人，这位有心人，写作这本书的文学目的。正是这本很值得捧读的幽默读物，使我们感受到这位善于另类思考的人的睿智、颖悟，以及他对人生、对社会、对世间事物的看法、评价，洋洋洒洒，十数万言，辞简义赅，引人入胜。在得到启迪、得到教益的同时，绝对也是一次身心轻松的阅读体验。

我很钦佩他，因为他首先是大夫，其次才是作者。他是位声隆望重、遐迩知名的大夫，但并不影响他对文学的热衷，对写作的兴趣。一个人同时做两件事，而且做得很好，这是谈何容易的事。因此，我佩服他饱满的精力，我赞叹他不倦的努力，我欣赏他知识积累的广博，我更羡慕他永无尽止的追求。这本《一个医生的非医学词典》，虽然他断断续续写了七年，但今天阅读起来，似是一气呵成，浑然全璧。看起来，点点滴滴的精华，汇在一起后，如涌泉之汩汩，如碧水之漾漾，也是精彩纷呈，美不胜收的。若不是具有充沛的创作元气，具有宏廓的思辨才能，是很难一以贯之、质量并嘉的。我很喜欢这本书，尝鼎一脔，便很想让更多人分享阅读这本书的快乐。

虽然作者说他这本书，是"兴之所至，笔即随之"的产物，但他"着力维护人性，维护真、善、美，揭露虚伪、空话、大话、套话的假、恶、丑，用意在于分清是非，明辨荣辱"的作家良知，却是贯彻始终的宗旨，也是这本书的价值所在。尤其体念到他作为一位在医学领域中获得很高成就的医生，你马上会联想到，当他放下解剖刀，走下手术台以后的那一会儿，拿起笔来从事他精神财富的创作，当他或浮想联翩、凝神思索，或审文度意、构思推敲，由医生而作家之际，这种角色上的转换，那应该是怎么样的状态呢？我认为他的灵魂深处，是脱不掉他医生职业的白大褂的。他选择了这个职业，便是永远的终其一生的医务工作者了。也许有一点点不同，他在手术台上，拿着解剖刀，面对的是病人；而他拿起笔，奋力疾书，面对的则是整个社会。社会像人一样，他的机体也会生病的，有时会生很严重的病。叶维之在序文里就这样写过："任何时期或社会的人类文明，都是有缺陷的；任何人或人群的天性，都是有弱点的。"缺陷也罢，弱点也罢，这就是社会的病。

医生拿解剖刀，针对的是个别的、具体的病患，而作家拿起笔，则是针对社会的整体病象。所以，鲁迅先生到日本留学，本意是想学医的，后来他觉得疗治国民精神上的创伤，是他更应该去着力的去向。于是他成为中国"五四运动"以后新文化的健将,一生以他只需五分钱即可买到的"金不换"便宜毛笔,针砭朽腐,痛斥丑恶,鞭挞落后,揭露伪善,铮铮然体现出民族脊梁的伟大形象。其实,我们不难看出作者的这本《一个医生的非医学词典》中的鲁迅笔法,更看到他行文中流露出来鲁迅名作《热风》的余韵。有研究者认为,鲁迅先生文章所以有"一杖一条痕,一掴一掌血"的力量,是与他早年东渡日本学习医学,所受到的基本训练有关系。同样,叶维之在这本充满解剖精神的作品中,是他以一个医生看病人的目光,锐利,深刻,细致,准确,来观察社会,所以,抓住关键,切中要害,言必中的,力透纸背。

这种类似《魔鬼辞典》的写法,必须要风趣,要生动,要精辟,更要幽默。作者的这本书,其实是在追求一种中国式的幽默。而幽默,又是和一个人的文化、修养、精神世界密切相关的。我读了他的这本书,从那种令人会心一笑的、在心底里回味很久的幽默中,那种越琢磨越有味、闪烁着智慧火花的幽默中,我也更了解这位笔似解剖刀那样犀利的医生作家了。

李国文

再版序

《一个医生的非医学词典》(原书名为《念念有词》)于2006年出版。

7年过去了,我把书搁置了,诚如把一个生下的孩子放那儿不管。此间,有些关心我的人,会说起这部书。关心书的人也不少,有的读者甚至给词条评列出"幽默奖""浪漫奖""专业奖""诗意奖""哲学奖"……倒是蛮有意思,很用心的。也有人告诉我,有盗版的,我得到过几本,竟然有我的改错,竟然有别人的评注……

这些年,语言的纷乱令人头眩莫解,有网络语言,有大量的外来语汇,有莫名其妙的缩写短语,有铺天盖地的手机短信,各种颜色的段子……连《现代汉语词典》这样的权威、经典的辞书,都受到了质疑。因此,越发觉得我的这种另类词典倒也轻松自由。这词啊,就是表达个事儿,说个念想,理解各有不同,无需求其证定、共识,犹如魔鬼。原来的《念念有词》书名的意义模糊,乃重新命名为《一个医生的非医学词典》。可不是医学词典,只是一个医生的非医学词典。

于是,我又背起了这个行囊,像是背上了十字架,开始积累词条、提炼词意,包括科学的、文学的、哲学的、医学的、宗教的、生活的……亦是"兴之所至,笔即随之"。还是正视假、恶、丑,挖掘真、善、美。

  第一版容纳了近七百条,现又增加到近一千条,最好不是搜肠刮肚而作,而是精满自溢。正值春季,权作新的耕耘。

作者

2013年春

原序

我要编一本类似《魔鬼辞典》的书，这个想法始于读《新牛津魔鬼辞典》(The New Oxford Devil Dictionary)。该书1997年3月出版第一版中译本，共950条。我于旅途中批注，竟达百款余。后又得美国安·比尔斯（Ambrose Bierce）《魔鬼辞典》(The Devil's Dictionary)，2002年5月第一版中译本出版，词条逾千。两部书都不错，前者体现英国幽默，后者乃蜚声国际的另类智慧。可惜英美幽默不是中国幽默。

比尔斯卒于1914年，几乎一个世纪过去了。

于是，我想重新编撰之。可是因为太忙，只能利用旅途空闲。却也没有着急，时辍时续，集腋成裘，滴水成河。反正词条也无连续性。从1998年至今有七个年头了。

这本所谓的"词典"，可以认为是对社会、人、事物的一种另类思考。我想把它写成一种后现代文化与智慧的表达，一种脱俗的、似不经意的、但应该是深刻、泼辣的理性认识。它也许是一种调侃，并非庸俗的黑色、灰色或黄色幽默。它可能看似怪异，但却着力维护人性，维护真、善、美，揭露虚伪、空话、大话、套话的假、恶、丑，用意在于分清是非，明辨荣辱。魔鬼正是天使，乃是天籁与上苍的垂怜。但或许我难兑初衷。

任何时期或社会的人类文明，都是有缺陷的；任何人或人群的天性，都是有弱点的。这种缺陷并非仅仅是社会学家、政治学家要解决的问题。但人性的弱点，若体现在社会改造者身上，该是多么可怕！

并不是每一个词、每一句话都是可以幽默的，但我们也并非不能使每一个词、每一句话发生幽默。

诚如前述，本词典完全利用旅途上打发时间的半瞌睡状态，且是在颠簸中完成的，不要任何参考书，只是"兴之所至，笔即随之"。而平时是不可能，也没有时间去想、去写。于是，只能是"魔鬼"词典，毕竟可以"念念有词"。

作者
2005年冬

目 录

解剖的精神……李国文 1
再版序………………… 4
原序…………………… 6

A

阿拉伯………………… 1
哀悼…………………… 1
癌……………………… 1
艾滋病………………… 2
埃菲尔铁塔…………… 2
爱……………………… 2
爱情…………………… 2
爱情小说……………… 3
爱情与做爱…………… 3
爱因斯坦……………… 3
爱欲…………………… 4
案头…………………… 4

暗娼…………………… 4
傲慢…………………… 4

B

白痴…………………… 5
白云…………………… 5
百年…………………… 5
斑马…………………… 6
半……………………… 6
伴儿…………………… 6
伴侣…………………… 6
伴娘…………………… 6
保龄球………………… 7
保姆…………………… 7
保温瓶………………… 7
保修卡………………… 7
报复…………………… 7

报应	7	**C**	
悲悯	7	裁缝	13
贝多芬	8	蚕茧	13
背信弃义	8	残忍	14
本领和脾气	8	藏书	14
比基尼	8	草食与肉食	14
笔迹	8	厕所	14
匕首	8	叉子	14
避孕	9	差异	15
变性	9	茶	15
辩论	9	查理大桥	15
表现	9	禅	15
表演	10	忏悔	15
别墅	10	忏悔的	15
斌	10	长舌妇	16
冰	10	长生	16
玻璃	10	常常	16
伯乐	10	抄袭	16
不纯	11	超小短诗	16
不搭界	11	超小小说	17
不良	11	超越	17
不幸	11	嘲笑	17
不朽	11	车展	17
布达佩斯	12	撤退及占领	18
		沉淀	18

沉默……18	唇膏……24
成功……18	辞职……24
诚实……19	刺与吃……25
承诺……19	聪明……25
崇拜……19	聪明人与傻子……25
宠物……19	从医"二则"……26
抽签……19	从医"三心"……26
抽屉……20	从医"四性"……26
丑陋……20	从医"之美"……26
出格……20	错误……26
出国……20	
出路……21	**D**
处方……21	达尔文……27
储存……21	答案……28
储蓄……21	答应……28
传闻……21	打扮……28
床……22	打赌……29
创造……22	打虎……29
创作……23	打字机……29
吹牛……23	大赦……30
春……23	大同……30
春天……24	单纯……30
春夏秋冬……24	单身汉……30
纯洁的……24	单相思……30
唇……24	胆怯……31

荡妇……31	钓鱼与鱼钓……35
岛……31	订婚……36
盗版……31	东风……36
悼词……31	冬天……36
道……31	动机……36
道德……32	动物园……36
得意……32	洞房……37
得与失……32	斗牛……37
德行……33	独特……37
灯……33	读……37
等待……33	读书……37
等候……33	赌徒……38
等价……33	肚脐……38
低三下四……34	断交……38
敌人……34	对不起……38
敌手……34	多情……39
地毯……34	堕落……39
地铁……34	
第四者……34	**E**
点心……34	恩惠……41
电话……35	儿童……42
电脑……35	二……42
电椅……35	
雕塑……35	**F**
钓鱼……35	乏味……43

法官 …… 43	奉献 …… 49
法规 …… 43	否则 …… 49
发型 …… 44	弗洛伊德 …… 49
翻译 …… 44	浮躁 …… 49
翻译员 …… 45	讣告 …… 50
烦恼 …… 45	复印机 …… 50
反省 …… 45	复制 …… 50
饭馆 …… 45	富 …… 50
方便 …… 45	富贫之差 …… 50
防盗门 …… 45	富婆 …… 50
房屋 …… 46	腹部 …… 51
放大镜 …… 46	
飞行员 …… 46	**G**
非科学 …… 46	改变 …… 53
枫叶 …… 46	概括 …… 53
诽谤者 …… 47	干净 …… 54
废话 …… 47	尴尬 …… 54
分居 …… 47	感动 …… 55
分娩 …… 47	钢琴 …… 56
愤怒 …… 47	港湾 …… 56
风 …… 47	高潮 …… 56
风度 …… 48	高尔夫 …… 57
烽火 …… 48	高速公路 …… 57
蜂巢 …… 48	高雅 …… 57
缝合 …… 49	搞 …… 57

割礼	58	刽子手	64
歌剧	58	跪	64
歌星	58	国际关系学院	64
公鸡	58	过错与错过	64
公墓	59		
公仆	59	**H**	
公司	59	哈欠	65
功名	59	孩子	65
共鸣	59	海	66
狗	60	海滨	66
呱呱坠地	60	海色	66
孤独	60	海洋	66
古怪	61	鼾	66
骨头	61	汉堡包	66
故事	61	好人	67
故作正经的女人	61	好奇心	67
寡妇	61	合法	67
拐弯	62	合理	68
关照	62	和自己下棋	68
观相术	62	荷	68
观众	62	喝彩	68
惯性	62	痕迹	68
光头	63	红包	69
逛书店	63	后悔	69
鬼	63	后……时代	69

胡说 …… 69	机智 …… 76
护士 …… 69	鸡 …… 76
花花公子 …… 70	积极 …… 76
怀旧 …… 70	激情 …… 77
怀疑 …… 70	吉尼斯纪录 …… 77
环保 …… 70	嫉妒 …… 77
换班 …… 70	嫉妒的 …… 77
换座 …… 71	己所不欲 …… 78
荒野 …… 71	挤奶 …… 78
荒淫 …… 71	计划 …… 78
皇帝的新衣 …… 71	计较与比较 …… 78
谎言 …… 72	记忆 …… 78
诙谐 …… 72	记者 …… 78
辉煌的 …… 72	纪念碑 …… 79
会说话 …… 72	纪念日 …… 79
会诊 …… 72	技巧 …… 79
贿赂 …… 73	妓女 …… 79
婚礼服 …… 73	妓院 …… 79
婚姻 …… 73	祭奠 …… 80
	寂寞 …… 80
J	加冕 …… 80
饥饿 …… 75	家 …… 80
机会 …… 75	家谱 …… 81
机器人 …… 75	假币 …… 81
机遇 …… 76	价格 …… 81

价值观……………81	解雇……………86
坚强……………81	借书……………86
尖………………81	借与还…………87
尖叫……………82	金鱼……………87
肩章……………82	进步……………87
简单……………82	禁欲……………87
简单化…………82	禁止……………88
见风使舵………82	经济……………88
健康……………82	经验……………88
健谈……………83	精神与物质……88
健忘……………83	景色……………89
健胃剂…………83	境界……………89
江湖……………83	镜子……………90
奖………………83	酒………………90
骄傲……………84	居住……………91
狡兔……………84	拒绝……………91
教导……………84	俱乐部…………91
教人……………84	距离……………91
教师者流………84	距离美…………91
教授……………85	惧内……………91
教堂……………85	决斗……………91
结巴……………85	角色……………92
结果……………85	军衔……………92
节制……………85	君子……………92
杰出的…………85	

K

咖啡……93
卡……93
凯旋……93
看不起……94
看不清……94
看人……94
科学家与诗人……94
科学家与政治家……95
科学与信教……95
科学与艺术……95
可口……95
可口可乐……96
渴望……96
空乘……96
空调……96
口红……96
口是心非……96
口香糖……96
口音……97
苦难……97
夸奖……97
会计……97
宽恕……97
窥阴癖……98
扩音器……98

L

来世……99
阑尾……99
老虎……100
老年人……100
乐……100
镭……100
累……101
冷箭……101
离婚……101
黎明……101
罹病与恩典……101
礼节……102
礼帽……102
礼貌……102
理发师……102
理解与动情……102
力量……103
历史……103
怜……103
联盟……103
廉洁……103
脸红……103

良相与良医	104		M	
梁山伯	104	抹布		111
两面派	104	玛丽莲·梦露		111
了解	104	骂		111
烈士	105	买书		112
邻居	105	麦当劳		113
林黛玉综合征	105	卖书		113
吝啬	105	曼月乐		113
灵感	105	漫画		113
灵魂	105	猫		113
铃	106	没有		114
零	107	眉		114
流产	107	美貌		115
流星	107	美女		115
柳叶刀	107	美食家		115
路	108	门捷列夫元素周期表		115
路尽头	108	梦话		115
卵巢	108	谜语		116
轮船	109	蜜月		116
逻辑	109	免税		116
骡子	109	面对		116
裸体	109	渺小		116
骆驼	109	民主		117
落差	110	名片		117
		名人		117

名声	117	男女装扮	123
明天	118	男子与数	124
明智	118	难处	125
谬论	118	难看	125
模式	118	内镜手术	125
磨刀	119	内容说明书	125
魔术	119	内助	125
莫言	119	能力	126
默哀	119	年龄	126
墨菲法则	119	0岁到80岁	126
墨镜	120	念经	127
母亲	120	念念不忘	127
牡丹	120	念珠	127
牡蛎	121	尿控	128
目标	121	涅槃	128
木乃伊	121	宁静	128
沐浴	121	牛顿力学	129
墓地	122	女人	129
墓志铭	122	女人与数	129
幕后人	122	虐待	129
幕间休息	122	诺言	130

N

O

耐心	123	呕吐	131
男孩	123	偶然的	131

P

扒手…………… 133
怕老婆………… 133
配种…………… 133
盆腔器官脱垂… 134
朋友…………… 134
朋友与情人…… 134
砒霜…………… 134
癖好…………… 134
偏见…………… 134
剽窃…………… 135
嫖客…………… 135
平等…………… 135
平反…………… 136
平衡…………… 136
剖宫产………… 136
扑克…………… 136

Q

七夕…………… 137
妻子…………… 137
奇观…………… 138
奇闻…………… 138
祈祷…………… 138
旗帜…………… 138
乞丐…………… 138
启示录………… 139
汽车…………… 139
器……………… 139
器官…………… 139
器官、功能与意愿… 140
谦卑…………… 140
谦让…………… 140
谦虚…………… 141
强奸…………… 141
强迫…………… 141
桥……………… 141
巧克力………… 141
惬意…………… 141
亲近…………… 141
亲亲…………… 142
侵略…………… 142
轻浮…………… 142
轻率…………… 142
轻与重………… 142
清明…………… 143
情歌…………… 143
情侣…………… 143
情人…………… 143
情人节………… 144

情书………………	144
情与智……………	144
请客吃饭…………	144
穷人………………	144
琼浆………………	144
求…………………	145
求婚………………	145
曲线………………	145
缺陷………………	145
裙带关系…………	145
群众………………	146

R

热胀冷缩…………	147
人格………………	147
人际关系…………	147
人生………………	148
人体"三宝"………	148
人性………………	148
人与狼相比………	148
人与时间…………	149
人之初……………	149
忍耐………………	150
日记………………	150
容貌………………	150

容器………………	150
容忍错误…………	151
肉体………………	151
乳房………………	151
乳牛………………	151

S

三…………………	153
三闹………………	154
三自………………	154
杀鸡骇猴…………	155
沙丁鱼……………	155
沙漠………………	155
善良………………	155
商人………………	155
上当………………	155
上当受骗…………	156
烧烤………………	156
哨兵………………	156
奢华………………	156
舌头………………	156
社交………………	157
身体………………	157
深闺………………	157
神秘………………	157

沈从文体	157	受虐狂	163
生	157	受伤	164
生日	158	受书	164
生殖壮丽	158	授书	164
失败	159	书	165
失眠	159	书店	165
失态	159	书法	166
诗人	159	书房	166
时差	159	书稿费	167
时间	159	书后记	167
时尚	159	书面	167
时装表演	160	书名	168
适	161	书评	168
适应	161	书写	168
誓言	161	书序	169
收集者	161	书主编	169
收入	161	舒适	170
手帕	162	术与道	170
手术刀	162	数学	170
手纹	162	数字与诗	170
手相术	162	摔跤	171
手淫	163	双关语	171
手杖	163	双刃剑	171
守株待兔	163	水肿	171
首饰	163	睡	171

私奔	172
私人秘书	172
思考	172
思想者	172
死亡	172
四月	173
颂词	173
搜身	173
苏东坡	174
酸葡萄	174
损失	174
笋	175

T

太平间	177
贪婪	177
弹力裤	178
堂·吉诃德	178
糖	178
烫衣架	178
陶醉	178
讨论	178
体操运动员	178
剃刀	179
剃须刀	179

天才	179
天命	179
天气预报	180
天堂	180
天真与天才	180
条件反射	180
挑战	180
跳舞	181
铁路	181
停战	191
通心面	181
通行证	181
同事	181
同性恋	181
同样	182
同意	182
童言无忌	182
痛	183
痛楚	183
头发	183
骰子	185
土里土气的	185
推	185
推荐	185
推敲	185

W

外国语 ……………… 187
玩笑 ……………… 187
挽歌 ……………… 187
晚点 ……………… 188
王子 ……………… 188
网 ………………… 188
维纳斯 …………… 188
伟大 ……………… 188
伪君子 …………… 189
尾巴 ……………… 189
未来 ……………… 189
位置 ……………… 189
胃 ………………… 190
温泉 ……………… 190
温顺 ……………… 190
文化危机 ………… 190
文身 ……………… 191
文雅 ……………… 191
蚊子与跳蚤 ……… 192
吻 ………………… 192
问题 ……………… 192
窝边草 …………… 192
握手 ……………… 193
无 ………………… 193

无辜 ……………… 193
无赖 ……………… 193
无奈 ……………… 193
妩媚 ……………… 194
武战文谏 ………… 194
舞弊 ……………… 194
误解 ……………… 194
悟 ………………… 194
雾 ………………… 195

X

X光 ……………… 197
西红柿 …………… 197
吸毒者 …………… 197
习惯 ……………… 198
洗澡 ……………… 198
喜欢 ……………… 198
瞎子 ……………… 198
峡谷 ……………… 198
下跪 ……………… 199
下流话 …………… 199
闲趣 ……………… 199
嫌疑 ……………… 199
现代婚礼 ………… 200
馅饼 ……………… 200

献媚者	200	新娘	205
乡愁	200	信	205
香	200	信口开河	205
香水	201	信仰	205
香烟	201	星期一	206
想	201	行路	206
想象力	201	形象	206
项链	202	幸福	206
象征	202	性	206
消化	202	性格	207
消息	202	性情中人	207
小径	202	性挑逗	207
小人与大人	202	熊掌	207
小说	203	修行	207
孝顺	203	修养	208
笑	203	虚荣	208
笑与哭	203	虚伪	208
效率	203	絮叨	208
歇斯底里	204	选票	208
斜视	204	选择	208
谐音	204	学雷锋	209
写书	204	学术	209
亵渎	205	学术腐败	209
谢谢	205	学位	210
心烦	205	学问	210

雪	210	养生	217
血	210	痒	218
血统	210	样品	218
勋章	210	邀请	218
殉情	211	谣言	218
		野草	218
		野花	219

Y

牙签	213	野心	219
牙医	213	一丝不苟的	219
亚当与夏娃	213	一致	219
烟灰缸	213	医生	219
阎王殿	214	医心	220
眼睑	214	医学院老师	220
眼见	214	医药广告	221
眼睛	215	医院	221
眼镜	215	医者	221
眼泪	215	移民	222
演讲术	215	艺术家	223
演员	216	易经	223
厌恶	216	易与难	223
宴会	216	意向	223
谚语	216	阴影	223
赝品	216	音乐	224
阳具	217	音乐会	224
洋葱	217	银币	224

银行……	224	欲……	229
饮品……	224	欲念……	229
英雄……	225	原谅……	229
营养……	225	原配……	229
硬座与软卧……	225	原始人……	230
庸医……	225	原则……	230
臃肿……	225	原则与方法……	230
永恒……	226	缘……	230
勇敢……	226	缘分……	230
用避孕套……	226	源……	231
用人……	226	远与近……	231
优点……	226	约会……	231
犹豫……	227	月经……	231
友善与不友善……	227	月牙儿……	232
友谊……	227	允许……	232
有色眼镜……	227	运动……	232
幼稚……	227	运动员……	232
诱饵……	228	运气……	232
诱惑……	228		
瑜伽……	228	**Z**	
愚昧与智慧……	228	杂种……	233
愚人节……	228	赞美……	233
玉兰……	228	葬礼……	233
浴池……	229	早晨……	234
预言……	229	噪音……	234

19

责难与赞美	234	知识	240
债权	234	知识分子	241
占卜	234	知足	241
占有	234	直肠	241
掌声	235	职责	241
丈母娘	235	秩序	241
招待员	235	智慧	241
照片	235	智商	242
照相	236	中文托福	242
遮羞	236	忠告	243
哲学	236	忠诚	243
哲学家	236	忠恕孝廉	243
哲学和哲学家	236	钟	243
贞节	237	钟表	243
针线	237	皱纹	244
真话	237	猪	244
真理	238	烛光晚会	244
诊断	239	主持人	244
争论	239	助产士	245
整容修饰	239	祝贺	245
正确的	239	祝寿	245
政客	239	著名的	245
政治	239	专家	245
政治家与幽默	240	转身	245
知己	240	追求	246

子宫	246	嘴巴	249
子宫帽	246	最	249
自卑	246	最好……不要	249
自嘲	246	醉	249
自然平衡	246	醉鬼	249
自信	247	尊重	250
自传	247	左撇子	250
宗教	247	作家	250
综合征	247	做事	250
足够	248		
足够的	248	再版后记	251
足球	248	初版后记	254
钻石	248	出版后记	256

A

☐ 阿拉伯

　　一个中学生眼里的阿拉伯：一是数字1、2、3、4……二是"天方夜谭"那本书；三是无休止的打仗。

☐ 哀悼

　　斯人其萎，怀念而已。其形式则是对死者家属和其他人设置的场面，可参与者的目的和心绪却可以是各种各样。

☐ 癌

　　①人口"土壤"的耕犁。
　　②众病之王。

说若干年后就可消灭此王，大半要落空。

新近出版了一本书（2013年2月），就叫《众病之王》，是印裔美国医生悉达多·穆克吉（Siddhartha Mukherjee）所著，李虎译。封面就写道："一种古老而神秘的疾病，一篇永不服输的战斗檄文，一场你我无法选择的斗争。"可谓开宗明义。

□ 艾滋病

亚当和夏娃没赶上的惩罚。

□ 埃菲尔铁塔

伟大坠落之塔。

□ 爱

一种是仅动两片嘴唇的声音，一种是融在骨髓里的誓言。

□ 爱情

一首佚名诗：我只是看见她（他）走过我身边，但是我想念她（他）直到我死的那一天。

也许没有人知道这令人难忘的两行字是谁写的，或者是写给谁的。

或者我们完全可以借过来写给谁——不是借过来，是同样的情愫的表白。

□ **爱情小说**

真正传世的、动人的、不朽的爱情小说，都没有幸福的爱情结局。

□ **爱情与做爱**

做爱是爱情的一种表达，也可以完全不是，乃为"动物本能"。

有爱情，可以做爱；没爱情，也可以做爱。

没爱情，可以不做爱；有爱情，也可以不做爱。

做爱当时（不计前后），爱情的成分最少。

□ **爱因斯坦**

20世纪最伟大的物理学家、最智慧的大脑、最完美的科学与宗教的结合者。

没有多少人读懂"相对论"，连这三个字也解不开。

更解不开的是他是虔诚的基督徒。作为科学家，他说："我想知道上帝的想法，其余都是细节，或者说，上帝指明方向，科学家完成细节。"

中国古人则说："谋事在人，成事在天。"按照爱因斯坦的思想和逻辑，可以说，上帝是光，仁慈博爱。医生完成上帝的旨意，而行医于人，成败可能不是医生所能完全抉择的。

"上帝"是自然规律，是自然法则。

□ **爱欲**

仅仅将其理解为爱之欲望,乃是大错特错了。爱和欲有别矣!欲是感情释放,爱是感情升华;爱应深入,欲则浅进。

不要把爱都说成是欲,也不要把欲都理解为爱。

□ **案头**

思索是快乐的,

写作是痛苦的,

完成是舒畅的。

□ **暗娼**

地上不让做的事,就在地下做。只要有卖的,就有买的;有买的,就有卖的。赚钱的可不止那几个女人。

□ **傲慢**

过分的自我感觉良好。

B

□ 白痴

　幸福时光：小儿无知，老儿呆痴。饭来张口，衣来伸手。

□ 白云

　白云飘逸，白云舒卷，白云如海，白云似仙……
　白云给人许多遐想、许多梦幻、许多赞美、许多叹息……
　但白云让我们懂得的主要是往来无常，多愁善感。

□ 百年

　百年而死，万岁却生。

□ 斑马

　　要好好观摩它,然后再文身。

□ 半

　　五成为一半,六十可及格,足矣!
　　半多为贬义,典型的是"半瓶醋""半途而废",所谓"行百里半九十"……
　　但半也有半的好处,半自有半的用处。
　　一半深沉(认真)、一半天真(随缘),多么好!可谓"人生一半在于我,另外一半听自然",多么坦然!
　　半聪明半糊涂,半愚钝半圣贤。
　　半拼搏半自安,半江湖半神仙。岂不妙哉!

□ 伴儿

　　他(她)到了什么时候,便属于什么时候……

□ 伴侣

　　据说有精神伴侣、生活伴侣、性伴侣、工作伴侣、说不清什么伴侣,等等。

□ 伴娘

　　①见习新娘。
　　②结婚典礼上第二个引人注目的女子,准夫人、见习夫人——
　　有时是小女孩,只是个傻乎乎的跟屁虫;

有时是美丽的大姑娘，那心里的滋味也是五味俱全，所想的和所执行的"任务"完全是两回事。

□ 保龄球

推倒了重来。

□ 保姆

难以胜任的非亲故家庭成员，要对主人服从，要对孩子照顾，要会烧菜，要不停地做清洁，还要省钱。最麻烦的是家里东西丢了，孩子告状了，男主人对你太好了，女主人吃醋了，这时前面做得如何好也都不好了。

□ 保温瓶

只能维持一定温度、一定时间的巢穴。

□ 保修卡

质量不保的遮羞帘布。

□ 报复

把输掉的赢回来的赌徒心理。

□ 报应

失利者的寄托和企望。

□ 悲悯

良心体现。

□ 贝多芬

他的耳聋正好过滤了噪音。

□ 背信弃义

子女不孝,门徒害夫子,出卖同志,朋友反目。从另一方面看,父母待孩子如何?师长对学生怎样?同志关系可好?朋友是否够朋友?

□ 本领和脾气

脾气随本领的增加而增加,通常如此。
最欣赏有本领、没脾气。
最害怕没本领、有脾气。
有本领、有脾气与没本领、没脾气都可以理解和接受。

□ 比基尼

和树叶有相同功能的遮羞布,游泳池或海边与浴池不同,前两者均有专门旁观者,于是需要撩拨……

□ 笔迹

思维记录、语言轨迹、犯罪鉴定。

□ 匕首

就是尖刀,作案叫凶器。

□ 避孕

让老情人见面,不让新情人见面的欺骗行为。

□ 变性

男变女,女变男。
男变女稍许容易,女变男颇费工夫。
技术都可行,伦常常难通。
变法总得想法子,心理终需过得去。
变得好的,看不出;变得不好的,遭人议。

□ 辩论

①叫天,天不应;呼地,地不灵。
②和泼妇吵架性质基本一样。

□ 表现

表露、显示、外表、发表……
实际上每个人的表现会有"三重""三层次"之区分:
现时的表现是通常情况下的,或常态的、正常的、一般的、"脸谱式"的……可称"表露型"。
具备的、可以表现的,但不经常的或偶尔表现的……可称"失态型"。
第三种是在激发状态下表现的、具有潜质意义,在压迫、催进下发挥出来的……乃为"潜在型"。
阿方斯·卡尔有过类似的见解。

□ 表演

忘掉自我的语言和动作表达。是否完全投注感情,则有表演理论的不同观点,但表现自我的是装腔作势。

□ 别墅

城里人用高价买下的、农民丢弃的茅舍。

□ 斌

能文能武。

□ 冰

冰是冷的,零度以下水结冰。冰也是温的、热的:"一片冰心在玉壶""冰肌玉骨""冰酒"……

□ 玻璃

人们发明制造它的初衷是取其透明透亮。后来却取其相反——做成或涂画上各种颜色,变成不透明的、不透亮的。

不是造物捉弄人,而是人捉弄造物。

□ 伯乐

常言道,伯乐识马。

又有言道:被伯乐发现之前的马,才是真正的好马。

故伯乐有功,他发现了好马;伯乐有过,他可能毁了好马。

□ 不纯

人们喜欢赞扬纯粹，其实不纯可能更好。

很多人认为，男子有点女人气（非纯爷们儿），或者女子有点汉子味（非娘们儿）是挺不错的。

说某上海人，不完全像上海人；或某河南人，不那么河南。也有褒意在其中。

所以，不必追求纯粹。

□ 不搭界

关公战秦琼。

□ 不良

某些人的"不良"品质，却能成就伟大才智。那说明并非不良。

□ 不幸

只是一种沮丧的感受，未必真有实际的倒霉。

□ 不朽

诗人臧克家的名句是："有的人死了，他还活着，有的人活着，他已经死了；有的人，把名字刻在石头上想不朽，他的名字比石头更容易腐朽。"

所以，无碑名垂史，有碑落荒野。

□ 布达佩斯

想起最后一个匈奴人,奥匈帝国,想起纳吉,共产国际和苏联的坦克……

想起始终未变的蓝色多瑙河之波。

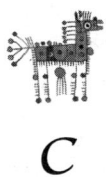

C

□ 裁缝

裁缝其实是服装设计师、工程师。但称作裁缝的,给大众做衣服;称作设计师的,通常去打扮模特儿。

□ 蚕茧

蚕吐丝作茧,看似自缚,其实是为了蛹化进而精彩飞腾,权宜逃遁之计也。可偏偏又中了人的计谋,让它们不停地吃,不停地吐,人类坐收渔利,再统统处死,将华丽精美之丝披挂于身,炫耀于世。那乃是蚕的呕心沥血与生命。

□ 残忍

发明这个词的是人类，可是人比最凶恶的动物凶残千百倍。所以，人遭到动物残害实不足惜。

□ 藏书

远远谈不上藏书，更称不上藏书家。

只是喜欢书而已。

要说的是一个医生的书架上有各种书，令人有点别样自豪或自鸣得意的感觉。

医书自不必说，除此之外的书可谓一应具有，尤其有趣的是漫画、讽刺与幽默，这是可以反复、无穷尽浏览的。格言、箴言、名句集也百看不厌。三大《忏悔录》（罗马帝国奥古斯汀、俄国文豪托尔斯泰、法国学者卢梭）都是科学、宗教、哲学与文学的集大成者。各种"沉思录"，也是与思想家对话的最好课本……

谁能说，一个医生可以不读这些书呢？

□ 草食与肉食

草食治己，肉食治他。

□ 厕所

和餐厅相同的terminal（终点）。

□ 叉子

从人类用餐工具的发展历史而论，它属于比筷子原始得多的一类，但欧美至今仍在使用，而东方人却以此显示时尚，不以为返古。

□ 差异

没有差异，就没有发展；没有差异，只有凋亡。

□ 茶

世上还没有白色的茶。

□ 查理大桥

1357年9月9日7点53分1秒，捷克查理五世在布拉格的沃尔塔瓦河（VLTAVA）上开工建造大桥，至今八百年壮观不衰。

请注意上述的时间数字排列是：1357997531。妙极！

□ 禅

其玄妙之处在于虚、空、了三字：虚而淡泊，空而透彻，了而知足。于是达真，求善，完美。于是，成佛矣。

□ 忏悔

坦白，真话，反省，自责——主要是说给自己。上帝、神父及其他只是接收器和反射屏。

□ 忏悔的

良心发现，或想发现违背良心之举。但不意味着在这之后他们就不昧着良心，恰恰是不断地违心，不断地忏悔，因为他们怕惩罚。而有的人，无论如何伤天害理，却从不忏悔，因为他们不怕惩罚。

□ **长舌妇**

割掉舌系带的女人。

□ **长生**

养生保健或可延年，长生不老终是枉然。

□ **常常**

青年人常常相信假的，
老年人常常怀疑真的。

□ **抄袭**

手写、复印、转录、盗版，均未经作者同意，侵犯知识产权。问题是找不到偷窃者，或者真伪难辨，或者李鬼坐堂审判李逵。

□ **超小短诗**

这是首儿童诗，比童谣可优美深奥多了：
妈妈：为什么把小腿伸到我被窝里来？
孩子：它想找你说说话儿……

□ 超小小说

就是比小小说还短小的小说。典型的是,危地马拉小说家,奥古斯特·蒙特黑素的灵动之极的短章:

我醒来的时候,

恐龙依然在那里。

□ 超越

实际是只有哲学、文学体系可以超越,思想者的思想可以天马行空、驰骋荒野,甚至是无限制的、无终极的。而科学、理性、认知都是有限制的、有终极的。

于是,我们总是在相对的认知中,感到自我的无知和缺陷。于是,我们对自然和宇宙顶礼膜拜、诚惶诚恐,对探索者崇敬,对破坏者憎恶。

多数情况下,我们生活在对未来的企望和遐想中,这种企望和遐想是可贵的,而实践和完成这种企望和遐想尤为难能可贵。

泰戈尔说:"神期待人在智慧中获得童年。"

□ 嘲笑

一种对谁都不快乐的笑。别以为嘲笑者快乐,他一定是因为什么不对,才对被嘲笑者反击。

□ 车展

车展是展览与推销车子,现今美女却不可少,所谓香车美女。

美女比车子吸引人，穿得少、露得透，各种姿势、各种眼神，风情万种。

殊不知，是来看车，还是来看人？是来买车，还是来买人？

有一条要谨记：能买起车的人才能买人。否则，休想！

□ **撤退及占领**

"有一种胜利，叫撤退；有一种失败，叫占领。"

是一部电视剧里说的，很哲学，很战略。好理解，不好做到。

□ **沉淀**

需要时间、空间和耐心。

平常事物、思想、作品等皆如此。

□ **沉默**

不说话，不轻易说话。是金玉、是明智、是韬晦；是藏拙、是遮丑、是羞涩。

不论怎样，还是维特根斯坦说得对："凡是不能说的，我们就应当保持沉默。"

□ **成功**

①真正不损人而获得者极少。

②进步靠对手，成功靠朋友。

小成靠朋友，大成靠对手。

小成要苦难，大成要灾难。
君子让我们成长，小人让我们成熟。
③得到快乐便是成功。
不过，有的成其功，有的成其过。

□ 诚实

①不想，或者没有能力编造谎言者。
②呆傻的爱称。

□ 承诺

像是包馅的饼，多数迟早都要露馅：或者自己把它剥开，或者别人把它弄开；只有少数情况下，自己将其完整吞下。

□ 崇拜

无所依靠的精神依靠。

□ 宠物

当人经不起爱、不值得爱的时候，则把注意力投向猫、狗之类，因为它们比较听话，比较驯服，比较娇柔，又智力低下，所以嗜爱宠物者是求得智能平衡、感情寄托，或者在人间找不到忠实者时的心理需要。

□ 抽签

占卜未来，预测吉凶，试论祸福，公平竞争。缺乏自信，尝试运气，踌躇抉择，幼稚游戏。

实际上是把期冀寄托于他，把结果责任承担于己。

□ 抽屉

存放物品，启开或者关闭，可以是投入，也可以是取出。我们的脑袋也是如此。

□ 丑陋

有时，表面丑，内里不丑；有时，表面不丑，内里丑；有时表面丑，内里也丑；有时表面不丑，内里也不丑。俄国文学家契诃夫说："人的一切都应该是美的：面貌、衣裳、心灵、思想。"（出自《万尼亚舅舅》）

□ 出格

上海话叫"滑边"，体育的外来语叫"欧赛"（outside）。其实最值得注意的是受贿、越权、面吻时伸出舌头、故意接触女士胸部和臀部，以及未婚先孕。

□ 出国

曾是某些同胞梦寐以求之事。当梦醒寐断，或闯了一遭回来之后，才应了这样的话、这样的词："外面的世界很精彩，外面的世界很无奈。""金窝、银窝，不如俺家的草窝。"或者会想起蔡琴那优美的、让人动情的歌："我的家庭真可爱。"

□ 出路

①出路是活路，出路是政策，出路是策略。所以，要给出路，或者找出路。

领袖说"不给出路的政策，不是好政策"。

②前进是出路，守成是出路，冒险是出路，迂回是出路，撤退也是一种出路……

□ 处方

①向阎王爷"退货"的发票，划价收费时的存根。

②给饥饿者的画饼，给落泊者的希望，给发烧友的冰水。

③医生给病人开出的第一张处方应该是关爱。

□ 储存

人们往往在意储存钱财，不太在意储存恩情。

□ 储蓄

把钱借给银行用的慷慨之举，因为它给你的利息微乎其微，基本上和存在保险箱相仿。收益主要在心理上，那种在存折上填写数目的愉悦。

□ 传闻

让嘴巴和耳朵不得空闲的"接力"运动，因为接力，谁都感觉得很累；因为不知道终点，所以谁也不停止。

□ 床

　　醒时同声，睡时异梦的诺亚方舟。
　　睡觉之处，做梦之处，温柔之处；
　　养病之处，疗伤之处，孤独之处；
　　怀念之处，"反刍"之处，思痛之处；
　　筹谋之处，技穷之处，阴笑之处。
　　少年尿溺遗精于此；
　　青年纳头便睡于此；
　　壮年辗转反侧于此；
　　老年浑身不安于此。
　　我们生在此处，长在此处，死在此处。

□ 创造

　　①上帝创造世界——创世纪
　　女人创造男女——生育
　　男人创造作品——劳作
　　②创造者、发明家层出不穷。也是"窍门满地跑，看你找不找"。
　　有两桩事可否算作创造，让"专利局"去批准吧：
　　其一，打领带多年，总是不好看，觉得很笨，很惭愧。见一些人领带结十分漂亮，求教之，原来是"一拉得"，结是制作好的。后来，又改进了，只有一个结，一条带，往脖子底下一别就成了。
　　洋人领带打了几百年，都不知道改造，可见是"枣核脑袋"。"一拉得"多方便！但在镜子面前穿衣，整冠、理饰、修面的重要过程简化殆尽。"一拉得",失多矣。

其二,电梯工的职业要求应站立服务,问客人去几层,按钮,报楼层,礼迎礼送。但见有的电梯工善于节约体力,改善工作条件:将一般椅子的四条腿又接高一尺余,使坐的高度和标面相当,又用一尺长的小棍,前面包两层胶布,这样便可以高坐靠椅之上,用棍一点即可完成服务工序。一般也不问话,客人要主动"报站",乃"无声服务"也。

□ 创作

无中生有。

□ 吹牛

到底吹牛的哪一部位,似乎并没有统一。但目的是一个,就是使牛膨大,用的是气——口气、力气,可是很难永久憋足劲、屏住气。

□ 春

春的颜色在变,从绿泛黄,进而深黄——春心、春情、春怀、春意。皆为男女爱情之意欲也。

春宫画、春光外泄,则是明显的色情矣。

闹春、叫春,就更是性、淫之举了。可否保持春的翠绿和清纯?

☐ **春天**

> 这个春天，很冷、很湿、很脏……
> 但是树叶照样绿了。
> 花儿照样开了。
> 虽然桃花不够鲜艳，
> 玉兰很快谢了……

☐ **春夏秋冬**

> 春，发情、交配、播种；
> 夏，生长、发育、成材；
> 秋，成熟、结果、收获；
> 冬，养精、蓄锐、蛰伏。
> 万物如此，人生如此。

☐ **纯洁的**

> 身上的泥巴，永远搓不净。

☐ **唇**

> 爱，使它温柔如绵软；恨，使它冷利似枪剑。

☐ **唇膏**

> 爱的、美的、浪的印泥。

☐ **辞职**

> 改邪归正。

□ **刺与吃**

好吃的东西很多,有些更好吃的东西,却让人不容易吃到。

有些是凶猛、危险,或难以找到、攫取,比如蛇、熊(掌)、鱼翅、燕窝、贝蛤……现今已有禁令捕杀猎食,从哪方面讲都应该。

有些是多刺之物,典型的是榴莲、蓝莓、蟹、虾……可能是生物的自我保护。

唯其如此,更引起人的贪欲,连鲁迅都赞扬第一个吃螃蟹的人。

有人吃刺猬吗?会有的。可怜的刺猬!

□ **聪明**

①耳朵和眼睛拼成的灵活跷跷板。

②要么爱己,小聪明;

要么害人,不聪明;

爱人爱己,中聪明;

舍己爱人,大聪明。

□ **聪明人与傻子**

这个世界上都是聪明人,没有傻子,恐怕不行;都是傻子,没有聪明人,也不行。

所以,应该是各有一半,可能和谐。哪怕有些人装傻,或有些人自认为聪明均可。

- **从医"二则"**

    科学原则——针对病情：疾病的病理、生理、治疗方法、技术路线。

    人文原则——针对人情：病人的心理、精神、意愿、生活质量，个人与家人需求。

- **从医"三心"**

    心地善良：医生给病人开出的第一张处方是关爱。

    心路清晰：从繁杂的现象中清理出诊治方案。

    心灵平静：会遇到各种难治的疾病，各种难处的病人。

    从医如此，做事为人皆若然。

- **从医"四性"**

    仁性：仁心、仁术；爱人、爱业。

    悟性：反省、思索；推论、演绎。

    理性：冷静、沉稳；客观、循证。

    灵性：随机、应复；技巧、创新。

    从医如此，做事为人皆若然。

- **从医"之美"**

    健康之美、生命之美、至善之美、仁爱之美。

- **错误**

    错误难免，错误难耐，错误难当。关键的是从错误中，找到教训，发现可爱，给予宽容。

D

□ 达尔文

①为猴子续家谱的牧师。

②著名的英国生物学家（1809—1882），生物进化论的提出者，向神造宇宙开战的先锋。

我们读过他的《物种起源》。多少年来，我们坚信人是由猴子变的，所以见到猴子有一种从心底的敬畏，遇到耍猴的，或是到动物园看在猴山上蹦来跳去的先辈，心底又生出种种悲怜。到峨眉山，是一定要多准备点吃的，以孝敬祖宗。

有一天，参观大象博物馆，见一尊7000万年前的大象模型，与今天的大象几无区别。于是就想，那7000万年前的人呢？是猴子吗？不太可能。那7000万年后的猴子呢？会变成人吗？似乎也不太可能。

达尔文先生如何解释？回来重读《物种起源》，未找到答案。所以，开始怀疑人与猴子是否有亲戚，都是哺乳类胎生大概没有问题。

□ 答案

谜底可能只有一个，而问题的答案却可以有多种。不是看回答者怎么样回答，而是看问答者想要什么。

□ 答应

一般而论，答应的事，60%不干。

但答应病人的事一定要办好，这比一般意义上的"应诺""守信"深刻得多，也重要得多。

哪怕是一件小事；什么时候来看你，来换药，来取纱布……很日常的医疗护理事情，也许推迟一会儿，并无碍大局，但对病人可并非小事，他只关注这件事儿，只惦记这件事儿！

病人住院治疗，还有什么别的事吗？所以，一定要非常守信、准时、办好。这是病人心目中的好医生啊！

何止是对于医生……

□ 打扮

为悦己者容，为慰己而容。

□ 打赌

听一学者讲：某甲、某乙是朋友，又都争强好胜，时有争论不休之事。一日又因故吵得不可开交，甲遂曰："你若将我拉的一堆屎吃下，我可给你10万元。"这当然有羞辱之意，乙却不以为然，当年韩信就有胯下之辱，又奈何大丈夫！乃称是。双方均讲诚信，乙吃屎一堆，得款10万元。甫毕，乙转而思之，虽得巨款，毕竟羞赧难言。故向甲挑战，"你若能吃我拉的一堆屎，我也可以给你10万元！"甲本来就觉得心里不平衡，他何以如此轻巧地捞得10万元。立马回应可也。于是，甲亦吃下一堆屎，也得10万元。甲乙均吃屎一堆，均无分文得失。

双方之争了结了。

谁也没赢谁的钱，只是各自吃屎一堆。

□ 打虎

武松打虎是"明知山有虎，偏向虎山行"，或者杨子荣打虎上山，也是有一番工夫枪法。

而"初生牛犊不怕虎"，有点愣劲、二劲，基本是盲目性，必被老虎吃掉。

所以，不赞成"初生牛犊不怕虎"。

□ 打字机

让人书写能力退化的机器。

□ 大赦

　　留在监狱里无大用，放出去无大害。

□ 大同

　　大同者，大大相同，无分别是也。而今男人留长发披肩，女人剪短发露耳，男女无别矣；国人染黄发呈卷曲状，洋人染黑发齐肩刘海，中洋难辨哉；丹凤细眼者眼裂扩大之，眼皮折双之；普通话、香港话、美国话交融混合之；夜晚睡觉穿的衣服和白天外出的着装基本相同之；肯德基（鸡）、狗不理（包子）招牌共挂之……天下大同之日不远了。

□ 单纯

　　真单纯有之，假单纯更多！
　　假单纯乃是一种精巧骗术。
　　（故有谓"甲醇"——有害也。）

□ 单身汉

　　①姓名：王老五
　　职业：婚姻的自由个体活动者。
　　②自由泄欲者。

□ 单相思

　　在10层楼窗户下，拉小夜曲，没人理睬，却不知疲倦。

□ 胆怯

　　胆怯通常被理解为贬义、坏词。但胆怯是抵制诱惑、功利、违规、犯罪等最好的、最保险的办法。

　　这世上最怕没有胆怯的人，和不胆怯的人办的事。

□ 荡妇

　　那些让男人们表面上嗤之以鼻，而实际上却怦然心动、心仪向往的女人。

□ 岛

　　突现水上谓之岛，沉没水下谓之礁。胜者为王，败者为寇。

□ 盗版

　　让作者成名，让印者获利。

　　可惜不是正道。

□ 悼词

　　人死了是要增值的。——鲁迅

□ 道

　　自然之途，天作地成，规律也。但多数人总想另辟蹊径，越规滥律，与天地作对，与自然相悖，与自己为敌。如争权夺利，残害杀戮，辛苦恣睢，尔虞我诈。然违道者必自食其恶果，试想，当最后一个细胞凋亡之时，无论生前如何伟大与渺小，都无碍于日月经天、斗转星移、江河不息、万物再生。

□ 道德

男人成为勇士并不都是因为英勇，
女人成为贞女并不都是因为贞洁。

□ 得意

比我漂亮的人，没有我聪明；比我聪明的人，没有我漂亮。

（并不表明最聪明、最漂亮。）

□ 得与失

人的一生都在得到与失去中度过，都在为得到与失去拼搏，在其中快乐着、痛苦着、得意着、烦恼着……为其生、为其活、为其死。

其实，为得失这般如此是个大错特错！

得到的，可能是包袱和枷锁；失去了，可能会轻松和愉快。得到的，可能是祸源和罪孽；失去了，可能会解脱和安逸。故古语早有"塞翁失马，焉知非福"（《淮南子·人间训》）。贪污、诈骗皆为得，献血、解囊乃为失，公众、社会、心理的得失恰与此相反。最辩证的认识是得中有失、得中有祸；失中有得，失中有福。最困难的对待是失去时不想得，得到时想到失。

□ 德行

德之不行,只是空训。

□ 灯

光明使者。但它不能真正改变黑夜和黑暗,光明过后,会更加黑暗。真正改变黑夜和黑暗的是光辉的太阳,但太阳也要"休息",太阳也有照射不到的地方。

□ 等待

①生命和生活的一部分。

②是一种人生哲学、一种心态、一种信仰、一种期盼,更是一种努力。

等待是有智慧的。

"能等待什么呢?要等待到什么时候呢?"把它当做指示命题,而不是功利问题。

□ 等候

等候的人常常不来,

等候的事常常不到,

依然要等候。

□ 等价

自己倒霉与别人走运。

□ 低三下四

为了崛起的权宜之计，怜悯和宽容乃是中计。

□ 敌人

多数，或几乎所有的敌人都是自己造出来的。真正的敌人是自己。

□ 敌手

公开的对抗者，实不足惧。最怕隐蔽的、潜入的、钻进肚皮内的，或表面是朋友的，那才是真正的敌手，通常是敌不过的。

□ 地毯

收集灰尘的垫子。

□ 地铁

老鼠生来就会打洞，狡兔也有三窟。人还在其次。

□ 第四者

第三者的候补者，sex 是晋级的门票；也可以退位于第五、第六……成为普通异性朋友。

□ 点心

让心理舒服一点点，并非能填饱肚子。

□ 电话

电话挑战通信，可视电话挑战电话，电传和电子邮件挑战可视电话。最后还是写信为好，亲笔信最好。

□ 电脑

比任何人都聪明、比任何人都傻的玩具。可以玩上天，可以玩入地，若是没了电，一切都玩完。

□ 电椅

逼刑之具。现在改成按摩的了，也许有一天又重操旧业。

□ 雕塑

表情和内心都保持不变的形象。

□ 钓鱼

不是人逗鱼，而是鱼逗人，或者双方互相逗着玩。不是鱼总是输家，大概是占50%——空手而归的不少，鱼输在一个贪字上，人也赢在一个贪字上。

□ 钓鱼与鱼钓

你诱惑我，我诱惑你；你逗我玩，我逗你玩；你挣扎着，我也挣扎着……

你是鱼，我是人？我是人，你是鱼？

谁钓谁？

☐ 订婚

①同居的预约单。

②开始定做夹板,为捆绑各自一条腿,然后为两人用三条腿走路做准备。

☐ 东风

不是东风压倒西风,就是西风压倒东风(领袖的话,东风是革命的风、正义的风,西风是反动的风、邪恶的风)。

东风不予周郎便,铜雀春深锁二乔。(杜牧《赤壁》)
相见时难别亦难,东风无力百花残。(李商隐《无题》)
自古文人恋东风,东风西风自然风。乾坤自凭风力转,管它东南西北风。

☐ 冬天

这个冬天,很冷,很难过……
又说"世界末日"到了……
但是,冬天过去了,春天来了,新的世纪又开始了。

☐ 动机

宏伟蓝图,就职演说,援救计划,情侣起誓,临阵逃脱,作案未遂。

☐ 动物园

将动物圈起来,要门票的地方。

□ 洞房

50%莫名其妙地做事情；30%心怀鬼胎地做事情；20%正儿八经地做事情。

□ 斗牛

大家都以为这项表演很残酷，直至把牛刺死，拖出去吃肉。

其实，这不是对牛残酷，而是对斗牛士。因为人们杀牛，吃牛不计其数，斗牛场上的几个算什么。试想，如果牛把斗牛士顶死，场上观众还会喝彩吗？

□ 独特

长着两个犄角或者有一个长尾巴的人。

□ 读

一辈子在读：读书、读人、读社会……
读真诚、读虚伪；
读美丽、读丑陋；
读善良、读凶恶；
读别人、读自己。
读懂？读不懂？

□ 读书

就是念书，小孩念书出声，最好！所谓朗朗读书声，现在少了。

成年人很少出声，可能一目十行。而读出声时，则不可以如此取巧！

网上或计算机上查阅，乃为快餐，似可解馋、释饥，而味道大减。

若是技术专著，除看文献外，读原著最妙，不仅可以学习知识和技术，还可以领悟先哲和大师们的思想。

□ **赌徒**

赢了还想赢，输了想捞回来，总想赢、不想输的玩命家。

□ **肚脐**

腹部中央的瘢痕凹陷，人体生长发育的"古都"，曾是母亲给子女输送营养的交通枢纽。脱离母体后，脐带被剪断，它被旷置萎陷，成为遗迹，成为对母亲的纪念碑。现今，女士们又开始振兴"脐文化"，美饰它，突显它，想使它成为另一个"性都"。

有一本书就叫《亚当之脐》，讲的就是人体之美。

□ **断交**

"天下大势，合久必分，分久必合"，个人关系如此，国家关系也如此。屡见不鲜，不必多虑。

□ **对不起**

欧美人挂在嘴上不掉的口头语，其实未必是真诚的道歉，只是听起来舒服。故而，也应该学习。

□ 多情

听一位美籍华裔朋友讲过这样的故事：刚来美国的中国留学生，得到的忠告是在异国他乡要乐于助人才会得到好感。一忠实学生铭记于心，总想找机会实践之。一夏日坐公交车上学校，前排一肥硕之女士不堪炎热，时不时地站起整理衣裙，聊以松快。学生见其衣裙卷入两瓣臀股之间，成一深沟，不甚雅观，也定不舒服，于是上前轻轻将衣裙拉出展平。女士不悦，斥曰："What are you doing, sir？"（先生，你做什么？）学生不语。少顷，胖女士又站起，这次衣裙平展，并未卷入。

学生暗想，也许美人愿将臀沟显露，以示性感，仍想尝试助人为乐，乃上前用手指将其衣裙掩入臀沟，女士大怒，厉声道："What are you doing else！"（你到底想干什么！）学生不解，良久，嗫嚅道："I would like to help you."（我想帮助你。）

□ 堕落

学会了官场应酬，掌握了赚钱诀窍，适应了人际交往，赢得了异性崇拜——升了、赚了、红了、堕落了。

E

□ **恩惠**

先是爱因斯坦的提醒：我每天都上百次地提醒自己，我的精神生活和物质生活都是依靠别人（包括健在者和逝去者）的劳动。我必须尽力以同样的分量来报偿我所领受到的，以及至今还在领受着的恩惠。

如是，我们也提醒自己，我们同样在领受像爱因斯坦这样的伟大科学家、先哲们的智慧，以及成千上万普通劳动者的恩泽。无论是伟大的创造，还是平常的工作，都应感怀，而不可忘记。并以同样的或加倍的劳动报偿之。

□ 儿童

目光清澈，性情烂漫，
行为富于诗意。
表情丰富，举态神秘，
有85%的创作力。
天真活泼，言谈无忌，
美好而令人喜爱。
年龄可能不重要了：
有人虽是少年，已经不是孩童了；
有人虽不年少，仍然是童真不灭。
我们喜欢什么？答案还真不一样呢！

□ 二

二不是个好数字。
二心、二意、二奶、二把手、二把刀、二虎（八叽）、二百五……
二有不专一之意，二有不美好之意，二有不聪明之意，二有不上不下之意，二有猥琐之意……
所以，有个庙门题为"不二"。
学医出身的作家写的一本书，也名曰《不二》
以上议论本身就有点二，就是要写二，写成二。

F

□ 乏味

　愚蠢的人会使人乏味，自作聪明的人更令人乏味。

□ 法官

　原告和被告都猜不透发套里面包装的是什么，只能听到木槌的虚张声势。

□ 法规

　制度是"硬性法规"，文化是"软性法规"，管理是"执行法规"。哲学家维特根斯坦说："规则之后无一物。"（Nothing after rules.）则表明规则之重要。

□ 发型

莳弄草地。

□ 翻译

语言的口头翻译与文字翻译并非相同，口头翻译需敏捷、达畅，以青年翻译者为佳，因为有个反应和记忆问题。而文字翻译则还是"姜是老的辣"。至于文学翻译乃为翻译之上乘，二种文字、文学功底均应深厚，要求"信、达、雅"。

人名、地名、书名、影视名的翻译则灵活而有趣，略举几例（是否最佳，姑妄用之）：

最佳英译汉单词——可口可乐、尖头鳗（gentleman，先生，不常用、却好玩）、引擎（engine，发动机）。

最佳中式幽默成语——American Chinese is not enough.（美中不足）

最佳世界语——妈妈。

最佳医疗器械商品名——达芬奇（外科手术机器人）。

最莫名其妙广式地名翻译——满地宝（Montreal，通常译为蒙特利尔）、荷里活（Hollywood，通常译为好莱坞）、列支文（Richmond，大温哥华区的一小市）。

最佳影片译名——魂断蓝桥、乱世佳人、呼啸山庄。

最佳地名翻译——旧金山（San Francisco）、宿雾、凡尔赛、优胜美地（Yosemite）、翡翠冷（佛罗伦萨，徐志摩也译翡冷翠）、枫丹白露（Fontainebleau）、香榭丽舍大街（Avenue des Champs-Élysées）。

最佳考老外试题——"说曹操，曹操到。"（百分之百被蒙为，来的是曹操。）

□ **翻译员**

语言转换器，日本人可叫"两替"。

□ **烦恼**

算了吧，没关系，会过去的。

□ **反省**

和一些动物的"反刍"是一个意思。一种是食物，经过反刍便于取其精华；一种是精神，经过反省可以去除糟粕。

□ **饭馆**

清谈之所。思想之释放是因为嘴巴都张开了。

□ **方便**

自己方便，也要与人方便，才是方便。
若是对弈，则要自己方便，给人不方便，才是方便。但不要犯规！

□ **防盗门**

让君子头痛，让小人大显身手的游戏拼图。

□ 房屋

全家人的衣服。

□ 放大镜

放大优点，也放大缺点，吸引人的地方主要是放大了的缺点。

□ 飞行员

天空行者。

□ 非科学

科学与"非科学""反科学"，在哲学意义上应该是平等的。所谓反科学是一种态度，而非一种罪过。

真理的反面可能是另一个真理。——尼尔斯·博尔，1922年诺贝尔物理学奖获得者

□ 枫叶

加拿大的枫叶举世闻名。深秋季节，层林尽染，或一片金黄，壮如轮晖晚霞；或斑驳陆离，五色缤纷。加之，加国空气清新、注意环保，让人心旷神怡，舒通非常。

枫叶纷飞，满地黄金，亦如彩色鲜艳的地毯，不忍踏足。捡起几片枫叶，想放到案头，或夹入书中以作纪念观赏，但没多久便都黑斑点点，或如烧焦纸屑，似乎是"只准观看、不准拿走"。令人遗憾！

总有人，总有办法制作枫叶标本的——大概并非枫

叶所愿意。

□ **诽谤者**

蜇伤人的蜂,自己也将死掉。

□ **废话**

一些官员们使用率很高,比较省力、省时,又冠冕堂皇。是很保险的语言,也是秘书们的基本辞量。

□ **分居**

嫌床太大,或者嫌床太小,想换一张床的尝试。

□ **分娩**

一分为二。(通常是这样)

□ **愤怒**

自我折磨。

□ **风**

去念宋玉的风赋(《昭明文选》)吧。那毕竟还是自然的风。

还是杜威说得好:精神的风,想吹到哪儿,就吹到哪儿。

□ 风度

一启齿、一举手、一投足，自然而美好，称为"有风度"或positive；不自然而美好，称为"矫揉造作"，或为表演，或performance；自然而不美好，称"无风度"或negative；不自然又不美好，称为"丑行""劣迹"或bad boy（坏小子）。

□ 烽火

可警示战况，可调动群情，可戏弄诸侯，可转移视线。现代的最大用途是大搞运动。

□ 蜂巢

恩格斯曾说，蜂巢固然很精美，但再笨拙的工程师也远胜于蜜蜂。因为建筑工程师是先有设计，而后完成建筑的。蜜蜂是本能使然。

以前，对伟大导师的话笃信不疑。后来读庄子和惠子的"濠梁对话"，以及其他一些事，倒生出质疑来了：

你也不是蜜蜂，焉知他们（比如蜂王或工蜂们）没有设计呢？

就连伟大的西班牙艺术及建筑大师安东尼·高迪有时也是一边修建一边设计的。他与上帝"对话"，随时更改自己的主意和完成其建筑"作品"。学生们也不知道他想干什么。所以他未完成的作品很多，没有人能够，或者敢于继续其建筑。

圣家大教堂已续建百年余，至今仍未竣工，且后续部分无法与始初相比，甚至有点画蛇添足。

□ 缝合

是修补不足呢，还是拼凑缺陷？

□ 奉献

把忠诚的心掏出来给亲爱者，把鲜活的肾割下来给尿毒症患者，把赤热的血抽出来给休克者，把完整的骨架剔出来给医学院和美术学院的研究者，把其余的一切都化成灰烬撒向天空、陆地、江河、海洋——回归于生命的缔造者。

□ 否则

思想和语言的向后转。

□ 弗洛伊德

一个靠性意识起家，又被性意识所淹没的没有走出思想的思想家。

□ 浮躁

浮躁漂浅，浮躁急功，浮躁近利，浮躁泛愚，浮躁生事……

切忌浮躁！

□ 讣告

最后一次吹捧人的号召。

□ 复印机

偷懒与造假的帮手。

□ 复制

可以复制很多东西,也有很多东西不能复制,比如青春年华、幸福感情、功勋光荣……

有些可能相似,但不会完全相同。

而过错与罪恶、欺骗与虚伪、阴谋与诡计……却可以一演再演。

□ 富

知足乃是富。不是富了才知足,富了通常不知足,越富越不知足。于是,苦死了,富死了。而哲学家康德最后的一句话竟是"Enough(够了)!"

□ 富贫之差

健康与疾病。

□ 富婆

用钱叠起来的女人,没有什么可爱的,只能用来引火。

□ **腹部**

俗称肚子。肚子里面的事由医生研究,肚子外面的事由社会学家和美学家考虑,大腹便便曾被认为富有与权势,现今则是饮食不节与丑陋慵懒之症,需要减肥,需要吸脂。以前要隐蔽,现今要暴露、文身,手术疤痕等又带来了许多新问题。

G

□ 改变

你无法改变别人，只能改变你自己。

国际歌也说"从来没有神仙皇帝，全靠自己救自己"。

□ 概括

最好的概括如下：

《诗经》，风雅颂，诗三百，一言以蔽之，爱无忌，思无邪。

四书五经，儒家之首，一言以蔽之，温良恭俭让，仁义礼知信。

□ 干净

新生儿很光洁,禾苗很清新,溪流很透彻。成人后龌龊了,庄稼被糟蹋了,河流污秽了。

时光把人、把物都污染了,失却了纯,失却了清,失却了静……

□ 尴尬

这种事情、这种场面每个人都不止一次地经历过,但谁都缄口不言,怕丢面子。其实,把这种故事编辑起来一定会是很好的人生教科书。有两段故事可资参考,前一个是听来的,后一个是亲身经历的:

其一。某总经理儒雅睿智,风度不凡,对女秘书倾心久矣。女秘书美貌聪明,但端庄矜持,似难得手。

正值总经理生日,大家心情都好。秘书说:"老总,今晚可否赏光到鄙舍少坐,以庆祝生日?"总经理求之不得,满口称诺。傍晚,老总亲自驾车,秘书坐其旁,谈笑风生,不胜欣悦。

进门,于前厅处,秘书神秘地对老总说:"请稍候,等我叫您再进来,会给您个惊喜!"老总想入非非,急不可待地宽衣解带。只听秘书温柔地呼唤:"老总请进。"客厅一片漆黑,"亲爱的,你在哪里?"老总也呼唤着。少倾,吊灯大亮,烛光齐明,见众同事高唱"Happy birthday to you..."只见老总一丝不挂……

其二。二十多年前,第一次出国,到美国威廉斯堡(Williamsburg)开会。会议饭店建筑漂亮,周围景色美丽。会议中间溜到外面，但见一片开阔地，绿草如茵，有小坡，有沙丘（后来知道是高尔夫球场），信步而去，心旷神怡。远处一男子拿一竿，一青年背个像时传祥掏粪用的桶子跟随其后(后来知道这小伙儿叫球童，那桶子是装杆的)。那男子扬起竿子将一小白球打了过来，正落在我的前方，两人又疾步赶过来。我想，何苦呢，我把球给他们扔过去岂不省事？遂欲捡球，只听他俩高呼"Don't！Don't！Don't,please！"走到我面前，摇头苦笑……

后来我想，如果是正式比赛，如果我把球给掷回去，那会是怎样呢？

□ 感动

那人，那事，要用心去感觉，去体察，才会为之所激动，所深藏。或许那人、那事并不突出，甚至微不足道。记述两则说明之：

其一。在产科做实习大夫，夜里值班观察产程，进展慢，很累、很困。老护士贾姐关心地说，你去打个盹儿吧，我看守，我躺下便着。不知过了多久，贾姐慌忙叫醒我："破水了！去看看。"我猛地坐起来，她轻轻地说："别这么急地坐起，要头晕的……"我还记得，她暗暗地把我衣服掉的扣子钉好……

贾姐老了、病了，多数人已经不认识她了。我到急诊室查房，看见她在一个角落里，发着高烧，已经几天入不了病房。心里一阵凄楚。"马上入院！"我吩咐着。

其二。小刘大夫轮转到我们科实习,学习工作不错。都是男的,也谈谈家庭、孩子、住房,小刘大夫说"你搬家,叫我一声,帮您搬东西",说话像是脱口而出。两年后,我真的要搬家,早已记不得小刘大夫了,听说他毕业后分配到另外一个科工作。可是搬家那天,他却是第一个"报到"的……又过去了几年,小刘大夫要晋升主治医师,我是从名单上看到的。大家都在找评委,送材料,近人情,唯有小刘没有找我。那天,他"临场发挥"不错,我在他名字下面划了一个大大的圈。

□ 钢琴

一排排"舌头",一根根"喉管",一条条"神经"组成的发声器。最好听的是,键盘上面放一只发疯的老鼠。

□ 港湾

陆地将海搂抱过来,使她温柔,使她平静,使她深沉。否则,海总像顽皮的孩童,脱缰的野马,永远不得驯服。

□ 高潮

活动的升腾。因此,到了一定时期,它就不可控制了,日常生活和政治生活都是如此。如要阻滞高潮,就必须立即停止活动。

□ 高尔夫

和小孩弹玻璃球进坑游戏差不多的成人奢侈花费。

□ 高速公路

轧死人不偿命的快车道。

□ 高雅

①精装修的房子,房价要贵得多,结构和质量另当别论。

②真是何处不高雅!见一厕所门口,

对联:有小便宜,得大解脱

横批:内急就来

□ 搞

一个最多义、最多用的动词,似乎至今没有一个辞典将其搞清楚。

可以说,几乎任何一个动作都可以用搞来搞定。

最常见的意思是各种做(do,make),从搞顿饭、搞对象,到"搞破鞋"(北方俗语是乱搞男女关系之意)都可以用。不信,你可以试试。

其次是举行、实施、从事、掀起(hold,produce,engaged,carry out),从搞运动、搞明白、搞团结,到搞分裂都可以用。不信,你可以试试。

也可以是捉弄、得到、促成、启动、推进(play,setup,go,start),从搞阴谋诡计、搞臭、搞糟、搞砸,到搞通、搞精、搞好，都可以用。不信，你可以试试。

还有不少动词，包括英文的12个常用的动词，都可以用"搞"来搞定。

伟大的中文！伟大的"搞"！

☐ **割礼**

其实是一种宗教礼仪，小时将男孩之阴茎包皮环切一部分。

医疗上，将包茎或包皮过长者施行部分包皮环切术。

宗教很神秘，医疗很凡俗。

伊始虽迥异，殊途而同归。

主义有不同，前方是彼岸。

☐ **歌剧**

听腻了说话，开始拿腔作调地交换思想。让人着急，给人一种假的感觉，于是便是艺术。

☐ **歌星**

热锅炒出来的响豆。

☐ **公鸡**

它不叫天也亮，它叫了天也不亮。除了宰杀吃肉，没有任何用途的鸟。

□ 公墓

死者的公寓、房子和别墅，其规格和生前基本一致。

□ 公仆

口口声声自称是公仆的，通常是做官当老爷的。而侍候长官和老爷的，都不愿意或不会炫耀自己是仆人。

□ 公司

占流行的名片一多半的，从一个人到几万人的，靠这张"片子"赚钱的单体、群体、虚体、实体或者什么都不是。

□ 功名

岳飞在《满江红》中，感慨于"三十功名尘与土"，但他是当了高官将帅的，也流芳百世矣。贾宝玉则年纪轻轻就知道"功名利禄将人荼毒"，他整日厮混于女孩子中间，的确鄙薄于功名。

多数人都信誓旦旦地声称厌恶功名，只有少数坦言以功名二字为人生信条，但多数人都在不遗余力地追逐功名。

不要功名，是说给别人听的；

攫取功名，是藏在自己心里的。

□ 共鸣

物理学的基础是共振。现实中，达到共振并不容易，一首歌、一张画、一句诗、一场电影、一出戏……共鸣效果的是否、强弱,其实不是共鸣,是忽悠,是弹拨,是抠嗓子,是挠胳肢窝……

□ 狗

  宠物之王。少女、闲妇、老妪之最爱。
  它乖妙,摇尾乞怜;它献媚,接送殷勤;
  它卖弄,吠形吠声;它放肆,随地便溺。
  人们喜欢狗,却痛恨它做别人的走狗。
  它相对忠诚,所谓"狗不嫌贫"。
  它相对聪明,所以便于训教。
  它相对勇敢,可以参加军事。
  它相对敏锐,可作缉毒帮手。
  人们喜欢狗,还是愿意它做自己的走狗。

□ 呱呱坠地

  医生说:"这是出生的第一次呼吸。"
  诗人说:"这是对新生的放声歌唱。"
  哲学家说:"这表明他对脱离母体是多么不愿意。"

□ 孤独

  ①闲得难受。
  ②有时,越是在人声鼎沸,热闹嘈杂中,才有这种感觉。而在夜深人静,仰望星空或独处一隅,闭目沉思时,这种感觉却荡然无存。

□ 古怪

一种容易扮演的讨厌或者怜悯、鄙夷或者同情、关注或者冷淡的一种性情角色，或者不能说好，也不能说坏的无可奈何的评价。

□ 骨头

能够留下放在盒子里作纪念，或者深埋地下待日后进行考证的残骸。

□ 故事

①这事儿啊，在编，在讲；不在真，不在想。

②故事也许并不重要，重要的是谁来讲。——聂绀弩

③故事多数是历史重演，新鲜故事很少。

人也是，多数人都似曾相识，完全陌生人也很少。除非你不读历史、不读文学、不懂哲学、不懂宗教，于是就会有很多新鲜事、很多陌生人……

□ 故作正经的女人

老黄瓜涂绿漆。

□ 寡妇

丧夫之妇。是非多，自由多，孤独多，朋友多，时间多，劳苦多，选择多……就看这个女人如何选择。

□ 拐弯

拐弯时，甩出去的通常是车速最快的、滑速最快的。

□ 关照

其实只要一点点就足以让人感动，让人铭记了。那次出国回来，办登机卡（Check in），洋小姐微笑着问我想要一个什么位置。我说："要么靠窗户，要么靠过道。"给我的位置是16A。入舱后，找到座位，这一排只有两个座16A、16C，没有16B，关了舱门，没有另一个邻座旅客，我既可以坐靠窗户的16A，又可以坐靠过道的16C，又舒服，又方便。我记得那洋小姐的微笑，那关照只是她尽其可能的一点点。

□ 观相术

因为世上没有完全一样的面孔，所以，研究差别是必要而可行的。

□ 观众

有怪异心理的傻子，傻到极致的叫票友。

□ 惯性

太阳西落，列车不停，摩托开进路边小店，少女不知不觉走到恋人家门口，江河入海，陀螺飞转，劳教所出来重操旧业，脱口而出便是"他妈的"。

□ 光头

节省了不少洗理费。

□ 逛书店

逛书店是极其惬意的事,胜于逛商店千百倍。

医学是职业,医学书店平均要每月去一次,好在医院和家附近就有医学书店三处。和服务员已经很熟稔了,我也成了她们免费的、送上门的咨询专家。

主要是浏览一下最近新书,专业对口的,或相关领域的新书,是必买的。同一类的书,作比较,颇为有趣。

作者也是要关注的,看看同行专家的活动状态。大部头的名家译著,有的主译就是我,有的是我作序,翻阅时倍感亲切。

我的另一个嗜好是逛东四的三联书店,去寻觅"杂书":文学的、历史的、哲学的,尤喜杂文、散文。没时间看小说,莫言的小说连一本都没看过,真孤陋寡闻!

以前还常逛旧书店,现在没时间光顾了。

三十年前在国外,倒是经常逛旧书店、处理书店,积攒有关医学的小说(当时只需1美金)达数十册。

夏日午后,阳光和煦,露台上或草地椅子上,或坐或卧,翻阅小说,旁边一杯咖啡举手可得,安谧清爽,如梦如醉……享受淘来的书。

□ 鬼

在人间(或阳界)相对的那边(或阴界)的、死去的、星外的、不知何处的一群，或者有一个社会，可以和我们一样，美丑善恶，也可以完全不同，怪异难测——是否真正存在还是个谜。

□ 刽子手

执行砍头的刀斧手，和收割大白菜的农夫是兄弟。他们在乎的是手下的刀刃快不快，进路准不准，而不管刀下的根颈是什么。

□ 跪

即使人的双膝跪着，也不要让精神和灵魂跪着。

□ 国际关系学院

学习、研究"天下大势，分久必合，合久必分"。

□ 过错与错过

过错可能是一时的，后悔一时；错过可能是终生的，后悔终生。

过错有时也会"一失足成千古"，遗恨终生；错过有时也会"不过如此"，遗憾一时。

就看错在哪里，错到什么份儿上……

H

□ 哈欠

尽可能地张大嘴巴，呼出最多的疲惫，吸入少许的兴奋。

和吼叫不同，它没有声音；和歌唱也不同，它没有那么愉悦。

□ 孩子

总结纪伯伦的论述：孩子是生命渴望的儿女，并非完全属于父母；父母应该给予爱，并非能给予思想；可以庇护身体，并非保佑灵魂。

孩子是父母发射的活的箭矢，前行与目标并非在掌控中。

□ 海

最能体现日月星辰,
最能孕育万物生存,
最能表达喜怒哀乐,
最能包容起落升沉。

□ 海滨

我曾作诗道:退潮后,沙滩上遗留下海星、水母、贝壳……是它们被海所抛弃,还是对海的背叛?

□ 海色

我曾作诗道:碧蓝的波,雪白的浪,海到底是什么颜色?

□ 海洋

水的仓库,生命的摇篮。

□ 鼾

睡中歌唱。不好听,没有人愿意听,唱不唱也由不得自己。基本上是自然发生的噪音。

□ 汉堡包

和包子、馒头夹肉及馅饼争夺胃肠领地的外国坦克。

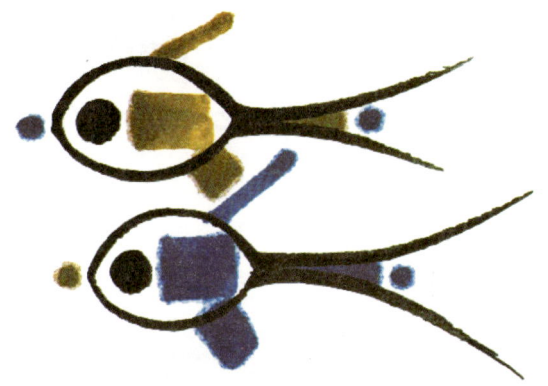

□ 好人

好人和坏人虽然可以有个基本标准,但有时很难界定。

人们对好人的理解,以及对如何做好人的认识,都可以有很大区别。通常做好人很难。

有个故事(不算"下道")可资参考:

男主人到外埠出差。女主人已有外遇,遂约情人来家幽会夜宿。

男主人办完事提前返回,未及通告。到家已是深夜,入室竟见一男士与妻同榻,大惊,但一向性情好,脾气好,宽厚豁达的他不发作,不惊动,乃悄手蹑足地在沙发上和衣而卧。

凌晨,偷情男子猛醒,见男主人躺在沙发上,也大惊:惊恐、惊讶,也急忙地悄手蹑足地想逃走。到门口又停住,心有愧,情有动,返回沙发旁,轻轻拍着男主人,曰:"老兄,真好人也。"

当他就要开门出走时,却听后面男主人说:"老弟,把衣服穿好,外面挺冷的。"

□ 好奇心

①和窥阴癖有类似的基因。

②有儿童心理,而额上有皱纹的人。

□ 合法

法规+法官+长官+关系+……+N。

□ 合理

合理的事情，做法不一定合理，结果不一定合理。
事情：追求、目标、计划……
做法：方式、手段、途径……
结果：效益、影响、利弊……

□ 和自己下棋

和手淫差不多。说文了，就是和自己对弈。

□ 荷

乖巧惹人喜爱，过于乖巧让人生厌。荷属于乖巧之类，罂粟属于过于乖巧之类。

荷不张扬，有时只露一点点，却有莲房为籽。常常如睡如卧，悠闲自得。"叶齐如规"（晋·张华），可铺张于绿水，搭衬如床被，想于上闭目小憩。尤以藕节为清为净为上，如玉臂，如葱指，如象笏。

切不可划破碧水荷池，切不可撒水扰乱淤泥。

□ 喝彩

基本是起哄。

□ 痕迹

车辙通向远方，浪花留在船后。

天空没有翅膀的痕迹，可鸟儿已经飞过。——泰戈尔

□ 红包

　　酬金，是奖赏，是感谢；
　　毒饵，是诱惑，是勾当；
　　糖弹，是投枪，是毁灭。

□ 后悔

　　①心灵的反胃和恶心，通常呕吐要舒服些，所谓反省、倾诉或重来。
　　②著名西方影星英格丽·褒曼曾说：我对做过的任何事情不后悔，而对未做过的事情后悔。
　　我想，那是因为褒曼没有做过让人后悔的事情，却有许多未竟之事要做。

□ 后……时代

　　后获奖时代，后模范时代，后英雄时代，后荣誉时代，后院士时代……
　　一言以蔽之——自讨苦吃。
　　做了过河卒子，只能勇猛向前。

□ 胡说

　　胡诌八扯，多半是真话、实话；而正儿八经的演说，多半是假话、空话。

□ 护士

　　你要认为她对你多情，那可错了。

□ 花花公子

另一种译意是playboy，美国以此办了一本色情杂志，不管哪种，都是我行我素的公子哥儿。

□ 怀旧

①不敢向前看，不敢往前想的惰性心理，既省力又惬意。

②老人打发时间的心理游戏。

□ 怀疑

因为这个世界上真诚的人太少，真实的东西也太少，所以这个词必要性强，用途大。哲人和思想家早就告诫我们："凡事都要问一个为什么。"

一个人的本质、做事动机、对人态度、完成事物的质量、报告的材料、结论的真伪……都值得去斟酌、推敲、论证、鉴定、评估、考察、调查……

□ 环保

时髦而难实施者。

绿色低碳、净化减耗。

少摄入莫排便，屏住喉不矢气；

只动眼别出声，一切归于自然。

□ 换班

轮流工作，最伟大的换班工作是太阳和月亮，所以换班乃天经地义,不能不分昼夜的一直工作。

□ 换座

和妻子乘机出差。座位是分开的,想找人调换一下,与妻子邻座的一位女士商量,她嫌我的座位不靠窗而拒绝,也就罢了。

下飞机又碰上了,她认出了我,表示歉意。我说:"你没做错什么。这是很小很小的事情,不必介意。"

"不过,你拒绝了,我也就把你忘了;你要是答应呢,我也许会记住你。"我又说了两句没有什么意思的话。

□ 荒野

"无息"(无利息)的土地,需要"无息"(无停息)的劳作。现在已不是开发与垦殖的时代,需要的是保护与维持。所以,还是"有息"(利息及停息)的好。

□ 荒淫

不是农民在田头树下的肆意调侃,而是显贵们在华丽帷帐下的"文明勾当"。

□ 皇帝的新衣

不是那裁缝的奇巧,而是那皇帝的昏庸。

多少人明知"指鹿为马",却只有孩童无忌道破。

□ 谎言

　　谎言不是真话，不一定是坏话。但即使是好话，也还是真说为好。

□ 诙谐

　　语言的芥末，似辣非辣，似苦非苦，似麻非麻，那是一种让人琢磨的怪味。

□ 辉煌的

　　谢幕时，热烈的掌声，喝彩声。

□ 会说话

　　幼小婴孩或失语、哑巴都除外。

　　话似乎都是可以说的，但估计，至少有30%可以认为是不会说的。或者不会好好说话，或不会说好话。

　　例子俯拾即是。譬如，登机后，邻旁一位女士诚恳向你请求，可否与后一排相同位置的男乘客调换座位，我们是一起的。你慨然允诺，很有风度。站起来准备调换座位，可是嘴上却说："我是真不会找位置。你们办登机牌时为什么不说明呢！"一点风度都没有了。

　　所以，每个人都要学习好好说话，说好话。

□ 会诊

　　分担医疗责任的会议。

□ **贿赂**

为求职、晋升、立项、做官、买卖、发财……而采取的手段,一种歪门邪道。它的流行、传染,甚至成为捷径、钥匙的时候,社会的弊病已经不轻了。

□ **婚礼服**

即将丢弃的华丽遮羞布。

□ **婚姻**

男女合作的契约。可以丰富多彩,也可以索然无趣;是有性生殖的温床、无聊斗争的战场。但要解除契约则麻烦得多。

J

□ 饥饿

是在与最基本、最原始的欲望对抗,是在与身体最自然、最直接的机能对抗。

□ 机会

差半票就当上了总统。

□ 机器人

欲望的机器、消费的机器,
娱乐的机器、劳作的机器……
人自己也变成了机器人,
有(电)脑而无(人)脑?

□ 机遇

救命稻草，绝处逢生；蓦然回首，柳暗花明；天成地作，一见钟情；雨天留客，出行放晴……不可错过，失之交臂；不必犹豫，稍纵即逝。

□ 机智

一盆凉水浇在头上的第一反应。

□ 鸡

①连动物保护主义者也较少关爱的可怜虫。
②这些年最悲惨的禽类。

我们吞它们下的蛋，吃它们长的肉，拔它们生的毛。

鸡蛋——煮的、腌的、炒的、煎的、蒸的……变着花样折腾；

鸡肉——炸的、焖的、烤的……切丝、做块、分段……粉身碎骨的蹂躏；

鸡毛——扎毯子、做毽子、充垫子……无所不用其极地利用。

SARS来了，H7N9来了，杀鸡运动来了，鸡完了！一切贡献完了。呜呼！

□ 积极

五十年前，大学期间下乡劳动，大家都态度热情，表现积极，凡事奋勇争先。

住地无水，每天要到河边挑水，只有一副扁担两个桶，早晨同学们争先恐后抢扁担去打水，越来越早，以致头一天晚上就抢扁担、藏扁担，弄得气氛紧张，十分不安，唯恐落后。

鄙人时任小组长，极简单一招，即将复杂问题解决了——排班轮流呗。

□ **激情**

激情可以使人聪明，也可以使人愚蠢。

常常是，激情使愚蠢的人变得聪明，使聪明的人变得愚蠢。

□ **吉尼斯纪录**

超常游戏记录：怪异、荒诞、超极限、垂死边缘或玩命……

□ **嫉妒**

①醋的滋味。

②羡慕、嫉妒、恨。现在人们常说。

须知，嫉妒常与羡慕一起产生，但很少与之同时消失。

恨已经由量变到质变。

□ **嫉妒的**

把别人的优点、长处、成绩、荣誉抓来变成毛毛虫装到自己脑袋里折磨着……

□ **己所不欲**

"己所不欲,勿施于人。"古训也,至理也。应铭记、应奉行。

问题在于,通常的情况是:

己所不欲的,一定要施于人——损人;

己所欲的,决勿施于人——利己。

□ **挤奶**

不是爱的分泌,而是责任排泄。

□ **计划**

据统计,计划的落实率通常不足50%,所以质疑计划是合理的。

□ **计较与比较**

证严法师说,一不计较,一不比较。

□ **记忆**

①脑海里保存的遗产。小说家将其变成文字艺术,政治家将其转化为新权术,罪犯则在得意和恐惧的翻滚中沉浮。

②和忘却作斗争。

□ **记者**

①猎取新闻,贩卖文字,思想与善于钻营的商人很

相像；招摇过市，哗众取宠，行为与印度舞蛇者差不多。

②靠眼、耳、鼻、口、手、腿等综合快速反应挣钱的全能运动员。

③能把社会搞活，也能把社会搞坏；能把人生搞活，也能把人生搞坏的一批无孔不入、无所不能、无事生非的刀笔伙计。

□ 纪念碑

在渥太华市市民医院附近，耸立一座原市长的塑像，下面镌刻着："If you would see his monument, please look round."（如果你想寻找他的纪念碑，请看看你的周围。）

□ 纪念日

每个纪念日都是一个通天火柱——燃烧着过去的残物，照耀着将来的新路。

□ 技巧

把一口饭里的砂子七捣八捣吐出来。

□ 妓女

开发自身，不需要购买生产工具而活动挣钱的女人。

□ 妓院

给性发泄者开账单的地方。

□ 祭奠

追悼、祭奠、扫墓……
是对先人、故者的缅怀、慰藉，
是让后人、生者记惦、感恩。

□ 寂寞

①自我感觉。与环境及人际并无太多关系，孤独时可以，纷乱时也可以；失意时可以，得意时也可以——所以，寂寞是一种钻进脑子里的虫，看它噬食是什么时候、什么部位。

②寂寞是这样一种时态：可能淡定，可能心动；可能为时光而无奈，可能为世事而波澜；可能一片斑斓，可能一片空白；可能思绪泉涌，可能梦幻中断……

总之，寂寞让人享受思想。

如果一个人连寂寞的时光都没有，那只是一具行走的双腿。

□ 加冕

诚如给孙悟空戴上紧箍，不过，形式很隆重，感觉很尊严。

□ 家

可以随便说话，可以随便吃零食，可以随便穿衣服，可以随便放屁的地方。如果连这些都不能随便，那么这个家肯定有什么问题。

□ 家谱

简单的遗传基因图，密码是姓名。

□ 假币

一切都可以作假，钱币也不会例外。

□ 价格

围绕价值波动的金钱标价。可怕的是完全靠老板的两唇启动，因而变成了欺骗的数字。

□ 价值观

医生和病人的目标虽然相同，但两者关于治疗观并不完全相同。

医生是按照医学规律去审视病情、决定处理方案的，更想减少复发和进展，常常是相对的；病人是按照自身体验看待功能障碍或者问题的，更想减少副作用和痛苦，常常是绝对的。

□ 坚强

一种是由力量硬顶，一种是靠外部的高调掩盖内部的虚弱。有时，难以分清属于哪种。有的靠说教，有的靠动刑。

□ 尖

能大能小。

□ 尖叫

通常不是好声音，做秀时、做爱时、作弄时、作孽时、作难时……

喜欢尖叫的，或喜欢听尖叫的，不应算好。

□ 肩章

肩上的"天平"——让肩膀高挺，还是低垂。砝码是条和星。

□ 简单

我们常听说"某人头脑太简单"，但又想，如若我们都那么简单，这世界会美好得多。

□ 简单化

科学家的做法是把问题简单化，政治家的做法是把问题复杂化。

□ 见风使舵

正常的驾驶技术。但通常被当作贬义，因为多数人难以运用这一技术，如观风向、看潮流、掌握好舵、使用好人。

□ 健康

生病后，回忆没病时的那种感觉。

□ 健谈

不停歇的舌头。

□ 健忘

"熊瞎子掰苞米",人、事、物在我们头颅中流动。愚蠢人的快乐,聪明人的苦恼。谁也不要嘲笑谁,到老了大家都如此。

□ 健胃剂

最好的健胃剂或调料是饥饿。

□ 江湖

①江湖,江湖,打浆糊。
火轻,不粘糊;
火重,则焦糊。
原料,火候,人操练,
简单之元素,搅好挺困难。
②江湖,江湖,只见飘旗旌。
总有作浪,总有兴波。
怎能安生?怎能干净?
最好信步,胜似闲庭。

□ 奖

设置、评审最怕滥、乱、烂!

□ **骄傲**

看看头颈和身体的角度：低垂头部90°，为施礼，为谦卑，为恭敬；头体一线，180°，为立正，为平视，为不卑不亢；头后仰，大于180°，为傲慢，为高亢，为目中无人。

但这只是表象，看似谦卑者，未必真诚；看似傲慢者，也未必凌人。还要透视内心，还要审视行为。

□ **狡兔**

动物的狡猾与愚蠢并不在于头脑和学习，而在于本能和习惯。

□ **教导**

犹如多数医生，"诊断"或许到位，"处方"往往虚茫。

□ **教人**

文学教人看人，哲学教人识人，医学教人助人，宗教教人爱人，政治教人害人。

□ **教师者流**

一流的老师教理念，
二流的老师教方法，
三流的老师教知识。
不论一、二、三，入流者已不错矣。
教唆者岂堪入流。

□ 教授

　　用眼镜遮掩知识的不足，用板书遮掩笨口拙舌，用幻灯和投影仪遮掩面目丑陋的人。

□ 教堂

　　从肃穆、庄严和神秘中走出来，从讲道、唱诗和忏悔中走出来，这世上只有天空、大地、上帝和我。

□ 结巴

　　为讲话提供了思考的时间。

□ 结果

　　结果通常不一定有果子可结。

□ 节制

　　①知道什么时候、什么地方、什么情况下停止，并能恰到好处地实施停止。有人小事可节制，大事则不能；有人大事可节制，小事则不能。可见，做到这两字并非容易。

　　②不是一件坏事，也并非完全是一件好事。故可节制，亦可不节制。关键在于如何掌握。

□ 杰出的

　　出头之鸟、肥胖之猪、秀木于林，要遭恨之、杀之、摧毁之。

□ **解雇**

现行的说法是"炒鱿鱼""下岗",而且可以是雇员对雇主的反向行为,不过总有一方不舒服。

□ **借书**

我的办公室陈书不少,但有醒目条幅:可借钱,不可借书。

并非小气,也不是保守。

理由有:

其一,当工作或写作时,会想到某个书里的内容要参考或引证,信手拈来,十分便利。若书被借出,则苦不堪言,甚至写作中断。所以,这书是不好外借的。

其二,十有七八成,借出的书归还无期。这比丢钱损失尤甚,因为有的书并不一定可以再买到。借钱还不还,其实不大甚紧矣。

关乎此事,有事二三可记:

中学时,我有一本《中国作家笔名考》,被一同学好友借去,有去无还。后来他入学中文系,毕业后从事汉语教学,并出版《中国作家笔名》一书,内容远较前者丰富多彩,甚为高兴。但我认为那本书是个启发和契机。

毕业后到北京工作,一友人从我这里借走《斯大林时代》,这在当时是非常引人关注的文献性著作,有点不舍,又爱面子,给拿走了。果然,此书去向音讯渺茫,是否又传阅给别人呢?反正是没了。

近年，一台湾同道赠我一部有趣的医书。一学生拟写论文参考，我推荐之。数月不还，她是学生，我敢主动问询：书看完了吗？遂得"完璧归赵"。

所以，借出去的书，要及时地、别不好意思地追要。

更重要的是，借人家的书，要及时地、好意思地归还。

□ **借与还**

借人家的（钱或者物），容易忘掉，想忘掉，最好不还。

借给人家的（钱或者物），不会忘掉，不想忘掉，最好快还。

□ **金鱼**

好看不好吃的游水动物。鱼只能看不能吃，鱼的意义已折大半。

□ **进步**

人生恐怕不是在完美中进步，而是在缺憾中进步。

多数不是享受进步的喜悦，而是经历落后的折磨……

□ **禁欲**

假正经。

□ **禁止**

千万别禁止一切!

那就会使一切被视为或成为反抗。

意大利心理学家德沃托说过类似的话。

□ **经济**

是开源、是节流?是产值收入、是效价比?是情感交换的实惠?是金屋藏娇的代价?是名与利的权衡?

□ **经验**

①主要来源于错误和失败。

②并非经历过、体验过,都可以称为经验。如同车辙,留有轨迹的才是。它指引了惯常的路线,又限定了前进的方向。

③经验=理论知识+经历实践+分析思考

还应该加两个字:记忆。记不住,什么经验都没有了。

□ **精神与物质**

古老的话题,永久的争论。哲学家可以写一万本书,老百姓可以有一万种看法。领袖又说,两手都要抓,两手都要硬。

又有说,西方人重物欲,东方人重精神。可是东方人闹起功利来,胜过西方人千百倍。

不管怎么说,精神与物质是不可分的,只有精神活不了（比如吃一个梦幻的或抽象的鸡），只有物质也不行（比如坑蒙拐骗，无所不用其极），人也难过。

两者如何平衡，如何相辅相成，乃是政治、社会、宗教、教育、生活之类的根本问题。

□ 景色

景色好不好，取决于心情好不好。心情好，景色才会好；心情不好，再好的景色也不会好。心里美好才会欣赏周围的美好，坏心情感觉不到美好。

□ 境界

（一）

可以有长、宽、高之三线，合成而为范围和境界。人生之境界如何？冯友兰先生有"四种境界"之论：

第一种境界——动物的生存本能。

第二种境界——功利竞争。

第三种境界——圣贤之思。

第四种境界——天地之念。

思之，反省之，不免战栗！我等相当原始，难怪不能脱俗。

（二）

国学大师王国维在《人间词话》中写道：古今之成大事业、大学问者，必经过三种之境界：

"昨夜西风凋碧树，独上高楼，望尽天涯路"，此第一境也。"衣带渐宽终不悔，为伊消得人憔悴"，此第二境也。"众里寻他千百度，回头蓦见，那人却在灯火阑珊处"，此第三境也。

（三）

外科医生的三个境界：

得意——自我感觉不错，已登堂入室，基本熟练掌握相关技术。

得气——得心应手，畅达顺应，知进知退，游刃有余。

得道——有规有矩，升华神助，应急创新，独树一帜。

得意、得气仍为匠人，得道乃成大师。

"十年磨一剑，百年难成仙"矣。

□ 镜子

①世界上没有镜子，也就没有美丑了。

②面对自己老也看不清，总也不满足，却不厌其烦地对照，直到老眼昏花。

□ 酒

①不同浓度的乙醇，不同颜色的液体，不同香料的气味，不同容器的盛装，发挥同一种效果：让你兴奋发狂，或陶醉沉沦；或能言善辩，或受骗上当；或胆大气壮，或柔弱如泥；或当英雄，或作狗熊……它是万能的催化剂。

②越是刺激的，越有人买，越是能制造假的。

□ 居住

把吃、喝、拉、撒固定到一处的场所选择。

□ 拒绝

不给面子，不能通融，不说"Yes"。其实，不怕照章办事，就怕个人意志、情绪化。

□ 俱乐部

物以类聚，人以群分。那些纨绔子弟、暴发户、各种名流、大款、大腕等聚在一起，用以消磨时间、挥霍钱财、显示权贵的场所。通常有女人凑热闹。

□ 距离

长度、高度、宽度、亲密度、喜爱度、厌恶度、深度、冷度、酒浓度、粘合度、传播度、回避度……

□ 距离美

太远看不清，太近会失真，合适的距离有时难以掌握。

□ 惧内

欺骗，讨好老婆的表面文章。

□ 决斗

①为了一个娘们儿闹到你死我活,有你无我的地步,

祸根不一定是那女人。三个人中最痛快的胜利者是死了的那位。

②情场上的玩命游戏，其实并没有输赢。

□ 角色

每个人在家庭、社会舞台上的位置。

□ 军衔

用敌人的头颅编制的肩章。

□ 君子

80%以上的君子，前面都要加一个"伪"字。

K

□ **咖啡**

浓黑的浆液,弥漫优雅韵味;沉默的温柔,鼓动心灵飞翔。浪漫的情调,写意生命甘苦;神奇的回荡,淹没生活无常。

□ **卡**

上不来下不去,通常都是自己造成的。

□ **凯旋**

捧着战友的骨灰盒,抬着伤残将士,胸前挂满勋章,吹号打鼓,胜利而归。

□ 看不起

一老者称：一些人看不起我，我也看不起他们。首先是我看不起他们。

□ 看不清

在贼亮贼亮的光明中与漆黑漆黑的黑暗中，都同样看不清什么东西。

□ 看人

医生诊疗病人，干部办事为人，老师教书育人……都要会看人。

需注意，人的嘴巴是可以说谎的，但身体通常无法说谎。

□ 科学家与诗人

在徐迟写的《哥德巴赫猜想》发表之前，没有什么人知道数学家陈景润和他的数学。

而今徐迟和陈景润都去了，好像依然没有什么人懂得哥德巴赫猜想。

每一位真正的科学家都知道，他的种种科学遐想，实际上都是些朦朦胧胧的诗意盎然的预感；而每一位真正的诗人也知道，他那些朦朦胧胧的预感实则只是一些尚未验证的诗意。

徐迟知道了陈景润的预感吗？陈景润理解徐迟的诗意吗？

希望他们都有诗人的气质和科学家的风度。

科学家与政治家

科学家把复杂的问题简单化，
政治家把简单的问题复杂化。

科学与信教

科学与宗教并不完全，或总是相悖。马克思说，辩证法在佛教中已达到很精细的程度。恩格斯说，佛教徒处在理性思维的高级阶段。人类到释迦牟尼佛时代，辩证思维才成熟。辩证法最初来源于佛教。孙中山说，佛教乃哲学之母，可补科学之偏。

爱因斯坦说，宗教离开科学是瞎子，科学离开宗教是瘸子。作为最伟大科学家的基督徒，他声称，上帝指明方向，我来完成细节。

科学与艺术

科学，理性的追求；艺术，感情的渴望。

高尔基说："我之所以具有这种本性，应该感谢人类灵魂的圣经：科学，理智的诗；艺术，感情的诗。"

可口

想方设法让舌头高兴。

□ 可口可乐

最形象、最有味的中文翻译。

□ 渴望

所谓理性的渴望,大多不是真正之渴望。

□ 空乘

飞机上的服务员。

东方的空乘叫空姐,年轻、漂亮,赏心悦目;

西方的空乘叫空嫂、空妈,年纪大,手脚勤快,经济实用。

□ 空调

制造小环境气候,破坏大环境气候。

□ 口红

欺骗男人的颜色。

□ 口是心非

两个器官行动难得一致,一致率仅占20%。

□ 口香糖

欺骗牙齿和舌头的胶姆,让他们活动起来的音乐,最大危害是污染地面,难以收拾。

□ 口音

最新研究表明，说话的音调主要是由饮食决定的，所谓酸、甜、苦、辣：西北人喜食醋，所以话讲得酸溜溜；云贵川人善吃辣，讲话火爆直呛；江浙人多用糖，语言柔柔甜甜；唐山、天津话带有奇怪的鱼腥味；而广东人吃得太滥、太满，不得不动用鼻音。

□ 苦难

人生的淬火，使人变得刚强，此乃必要的、有益的生命条件。

□ 夸奖

说别人的好，背后说比当面说更好。从不说别人好的人，绝不意味他比别人好，恰恰是他比别人差。

□ 会计

算别人的账，数别人的钱。算错了不行，给自己多留一分也不行。

□ 宽恕

宽恕者只发生在两种人身上：一是大智慧、大勇武者，所谓"大人不计小人过"；二是大愚笨、大懦弱者，所谓"只有招架之功，而无还手之力"。

□ **窥阴癖**

揭起你的盖头来……

□ **扩音器**

越扩大就越失真,声音如此,名声也如此。只有显微镜(microscope),光学的、电子的,才能透视其本质,那和表象可能完全不同了,比如,把一根头发看成了树干。

L

□ 来世

最难得祈求,因为没有人知道会怎样,所以,都需要期盼。

□ 阑尾

一段退化无大用的器官,盲肠之隅,又称蚓突,其形如蚯蚓。常常发炎作乱(俗称盲肠炎,即为阑尾炎),常常需要切除。

"天生我材必有用",有称阑尾与免疫有关,其实,作用并不大。

□ **老虎**

猫的身体、威风和能耐的全面放大。

□ **老年人**

上了年纪的人,可能还会惹人爱。但请注意,最危险的是忘了自己已经不再可爱。

人老了,会有一点性情活泼,却总少不了有荒唐与之伴行。

老年人的愚蠢比年轻人更甚!因为年轻人只是无知或幼稚,容易改正和教化,而老年者则固执、冥顽,或者老年痴呆(现称阿尔茨海默病)。

□ **乐**

乐是情绪、情感、状态,
乐更是精神、心境、修炼层级。
乐天不仅是心情,还有理念。
大肚弥勒,笑口常开,一脸福乐之相,能容天下事,能笑千万难。
修炼至乐,乃为极致。

□ **镭**

居里夫人淘的金,当时比金子贵12倍,但不用作装饰,而用于斩杀癌细胞。

□ **累**

生活之累,30%是为生存,70%苦于攀比。

□ **冷箭**

最焦热致命的无影飞杀。

□ **离婚**

①两口子分开了。摆脱了支配、管束、亲昵、温存、打骂、虐待、拖累、唠叨……可以是一方同意,一方反对,也可以是双方同意,也可以双方都不情愿。有痛苦,也有快乐;有如释重负,也可抱恨终生。所以这是最复杂的感情和最难办的民事案件。

②治疗婚姻疾病的不得已手段和最后一招。

如同用剖腹手术处理难产。

但前者通常是悲剧,后者通常是喜剧。

□ **黎明**

时光的裂隙,新的一天的开始:又有惊人的欣喜,又有恼人的烦忧,神圣的工作要完成,肮脏的交易要继续,正当这黑夜与白日交班之时。

□ **罹病与恩典**

没有人愿意得病,没有人没得过病。

任何人对待遭遇或罹患疾病,其态度可是千差万别。最奇特而极致的是美国作家弗兰纳里·奥维康

（1925—1964），他短暂的一生历经疾病和多次手术，不免沮丧而孤独，但他以坚强的毅力生活与工作，独享疾病给予的痛苦与领悟，他的作品凌厉、刻薄、冷峻、深刻。

他说：我觉得没有患过病的人，失却了上帝给予的一次恩典。

□ **礼节**

取悦于人的规矩，所谓"礼多人不怪"。

□ **礼帽**

遮盖秃顶、白发、愚蠢和野蛮的道具。

□ **礼貌**

让人想到：英国绅士，日本鞠躬，满清遗老。有时你会觉得：虚伪、过分、夸张、做作……可是，如果这一点都没有，又成何体统！

□ **理发师**

时代不同了，除了剪短、整理头发外，有染发、卷发、挖耳、按摩，甚至……

多功能，多面手。

□ **理解与动情**

绘画不需要理解，而是要人们动情。——毕加索科学不需要人们动情,而需要理解。
医学即需要理解,又需要人们动情。

□ 力量

巴尔扎克曾说,一个有思想的人,才是有力量的。

但当功利、浮躁充斥于世时,思想又如何称显?于是,金钱、权势便成为力量的标志了。

□ 历史

胜利者的纪录。失败者没有资格写历史,至少,不是正史。

□ 怜

同情为怜,同病相怜,同志常怜,同行不怜……

怜与同相关,凡遇怜时,想想同否?不同否?

□ 联盟

为了分而合的暂时通融。

□ 廉洁

官员前进的旗帜,至于如何前进则是另一回事。

□ 脸红

面部充血。天气变化、感情冲动、饮斟酣畅、更年期发作时均可发生。有时脸红纯真可爱,有时脸红严肃可怕,有时脸红美丽如花,有时脸红狰狞可怖。脸的颜色是指示剂,是晴雨表。

□ 良相与良医

良相不必老实,而良医必须老实。
不为良相,当为良医。

□ 梁山伯

梁祝是中国家喻户晓的爱情故事,当代青年可能会对梁山伯鄙夷不屑、嗤之以鼻。其实就是在小说始初之时,梁山伯也是遭贬之人,梁山伯在吴越语的谐音便是"二三八",加起来正是十三点,相当于北方的二百五,那是不伦不类的人物。和祝英台同窗数载,却不知是女郎,若是现在,孩子都生出来了。

□ 两面派

见什么人,说什么话;用人朝前,不用人朝后;白天道貌岸然,夜晚男盗女娼;今天朋友加兄弟,明朝落井更下石……

四川的著名传统表演"变脸",却十分受欢迎!

□ 了解

①一对男女,两双眼睛,对视20秒钟,不回避,不转移,秋水含情,还想继续下去。

②有点奇怪:了解一群人比了解一个人往往容易些。

□ 烈士

为亡者的授勋,主要为了安抚生者。

□ 邻居

或者是第二看门人(doorkeeper),或是第二主人(host)。

□ 林黛玉综合征

见"综合征"条。

□ 吝啬

极力想要攫取不属于自己的,叫贪婪;极力想要保护属于自己的,叫吝啬。

□ 灵感

突发奇想。

□ 灵魂

似乎还没有一本书、一部字典将其说清楚,因为它太深奥、太玄妙、太空泛。或者是人文的、生理的、心理的、宗教的,都难以描述、难以确切、难以周详。

可以将其理解为内心世界。

内心世界是什么、怎样活动,灵魂就是什么、就怎样活动。

最重要的、最有分歧的是它能否与肉体分离,即灵魂是否也会死掉，也会消失？最有创意的答案是，它和它的主人一样，大家认为它存在，它就存在；大家认为它消失，它就消失——那可不是简单的死去或活着。

□ 铃

铃必须有振击之坠或小锤，为之铛，组合成铃铛。铃与钟之区别也就在于，铃有组成一起的铛的振播发声，而钟则需由另外的敲击物，打撞发声也。并不以大小、形状、质料加以分别，此前并无准确解释者，乃因作者是铃的收藏家。

铃之大小、形状五花八门，精彩纷呈；铃的质料，除陶、金属，尚有木制、玻璃、水晶；铃是什么？铃有何用？亦无专著，可概括之：

铃是召唤，

铃是指引，

铃是吉祥，

铃是警示，

铃是祈福。

我的集铃手册的扉页上写道：

铃儿响叮当，

男儿走四方。

耳聪亦明目，

平安又吉祥。

□ 零

有人说0比1还小,有人说0比没有还少。
我说0很大很大,可以无限大。
我说0不是没有,而是不可缺少。
只要有了0,就可以无限伸延长度;
只要有了1,有了0,
就有了计算机,就有了一切数字。
一切从0开始吧!0里蕴藏世界、宇宙、万物……
(笔者学《易经》有感)

□ 流产

一个好的青苹果是不容易从树上摇下来的。
自然流产(自然掉下)者通常不太好,乃为自然淘汰。

□ 流星

天空中失去牵引的灯笼。郭沫若也说那是牛郎织女提着灯笼在走……

□ 柳叶刀

外科解剖刀、手术刀之别称、雅号。
有一部书、一部电视剧,叫"柳叶刀",讲医院的故事,说"柳叶刀可以救人,也可以杀人"。
说法靠点谱,但不太对。
手术刀是可以或者用于救人,斩病去瘤。但不一定都能救得了人。

说杀人，则偏激了、严重了。即使是刀下失误，也是误差，而非杀人也。

个别例子，草菅人命、政治及其他，但此非医生的手术刀，那是凶器。

一本权威医学杂志叫《柳叶刀》，也并不完全是外科的。

□ 路

①鲁迅说，地上本没有路，走的人多了，也便成了路。

今人说，世上本已有了路，卡设得多了，也便没了路。

②路给人以方便，也限定了前进的方向。另辟蹊径的人需要勇气。

□ 路尽头

路实际没有尽头，路很长很远，要么转弯，要么另辟蹊径，要么返回。

□ 卵巢

女性性腺，生理策源，器官虽小，干系甚大。组织复杂，易生肿瘤，也是"是非之地"。

曰：成也卵巢，败也卵巢。

□ 轮船

　　水壤之耕犁。没有改良疏浚"水壤",只有破坏污染"水壤"。

□ 逻辑

　　推理的混乱加上混乱的推理的演绎。以名诗"山雨欲来风满楼"为例:山雨欲来不一定不风满楼+风满楼不一定不山雨欲来。

□ 骡子

　　①人对牲畜残酷、罪恶的捉弄,使它成了只会劳作而无性欲的工具。

　　②人愧对骡子,公驴和母马只图快乐,结下无奈的果实。

□ 裸体

　　就是不穿衣服。人类开始时没有衣服,所以只能暴露。以后以树叶、树皮遮羞。再以后,穿各种衣服,越来越严实。而今,则将各种衣服层层扒掉,不断暴露,一直到脱光,恢复到原始。但远不及原始时自然、可爱了。

□ 骆驼

　　善于"辟谷"(不吃东西)、坚韧不拔的沙漠之舟。骆驼辟谷出于无奈,人为什么要效仿如斯?

□ 落差

不必去比较黄果树瀑布和尼亚加拉瀑布（Niagara Falls），只看离退休前后即可。

M

□ 抹布

　　清洁工人师傅告诉我,抹布洗净再去擦,墩布涮净再去拖。不要以为反正去擦脏地方,就不在乎本身是否干净。若自己不干净,也清洁不了别处。

□ 玛丽莲·梦露

　　永远的性感明星。虽然褒贬不一,但是没有人不喜欢她。她的放浪和她的美貌一样暴露无遗,让男士无法抗拒。鲁迅说,焦大不会爱林妹妹。其实也不一定。

□ 骂

　　愤怒、怨恨、失意……的无语之语;

激动、惊异、得意……的多语之语。

有很多缘由可以骂,也可以没有任何缘由而发出,甚至就是口头语。

有的骂,很脏,很难听;

有的骂,很净,很雅致。

"净化"了的骂,是含蓄的、恶毒的。

如"妈的""姥姥""他妈的"……四川人只说:"先人呐!"则是骂到了八辈祖宗。

学外语、学地方话,许多年后,许多话语都忘记了。唯有骂人的话仍然记得清,常常脱口而出。

骂是防御,骂是进攻,骂是调侃,骂是语言的刺激佐料……

骂有许多不良之处,但骂似乎少不了。

□ 买书

我嗜书,亦嗜买书。

信条是:不惜千金买宝刀。

书即宝刀。

书多了,无处可放,也是难事。家人多啧有烦言,我却不以为然。一眼望去,上下左右,一摞摞书,举手可得,信手翻来,总是开卷有益矣。

出国开会,买英文原版医学书是一个重要任务,书很贵,不惜千金(的确都在一千元人民币以上)。

□ 麦当劳

　　一方面说它是垃圾食品，一方面又在不断增加它的分店。正如一方面在大骂妓院有伤风化，一方面又有大批嫖客涌入那个地方。

□ 卖书

　　不是指在书店、书展或书摊上卖书，而是指自己想办法兜售自己写的书。
　　在一段时间里，这成了一种可以写书、出书的方式，即自己要包售若干本。
　　苦不堪言，斯文扫地，比写书还难！
　　无论怎么好的东西，让你到街上去叫卖，啥滋味？

□ 曼月乐

　　一种有缓释孕激素作用的宫内避孕环。
　　我的一个学生解释为：一个让叫小曼的女孩每月都快乐的玩意。
　　厂家应该给他"广告费"。

□ 漫画

　　通常是快画，但并非速写。

□ 猫

　　①捕食老鼠的天性已丧失殆尽，只能做仅次于狗的宠物。多一点娇柔，少一点忠实，如不调整一下，这一

物种将会消亡。

②虎狮之宗。以前除了老鼠,对其他一切动物都怕。现今对老鼠也怕,是世界上最没出息的动物。

□ 没有

没有什么东西是必须拥有的,没有什么人是不可替代的。

没有什么是不可以舍弃的,没有什么是一定得到的。

□ 眉

①眼睛上的一条毛。

上帝造眉的始因可能是保护眼睛,防汗、防水、防尘……

美观的作用完全是后来补充的,如果人本来就无眉,倒也清爽。

细眉、浓眉、断眉、八字眉、卧蚕眉、寿毛、白毛……

眉眼总是连在一起:浓眉大眼、柳眉凤眼,不知如何组合为好、为美?

眉的修饰应运而生,简单的是描划眉,复杂的是种植眉。

还是一开始都没有眉毛最好。

②遮挡汗水流入眼睛的毛。牛、马、羊、狗、猫等不需要眉,它们有满头满脸的毛。当把眉毛修饰得美丽无比时,其功能也就丧失殆尽了。

□ 美貌

　　通行证。无论交通警察、公务员考官、商务对手、政府官员等都买账，都放行。个别不灵情况亦有之，但极少。

□ 美女

　　世界上所有的人，男人和女人，都把美女称为妖精和毒蛇，可所有的人都喜欢她。

□ 美食家

　　①一个有敏感的舌头、永不磨损的牙齿和装不满的胃袋的人。

　　②美食家＝有钱＋有势＋有时间＋好牙齿＋好舌头＋好胃肠＋好厨师。缺一不可。

□ 门捷列夫元素周期表

　　可以查看我们吸入、服入和食入了哪些已知的元素，吸入、服入和食入了哪些未知的元素，还有哪些已知的元素尚未吸入、服入和食入。

□ 梦话

　　梦中的道白，80%~90%是真话；而白日里说的话50%~60%是假话，于是要欣赏梦话。

□ 谜语

　　瞎子摸象的游戏。

□ 蜜月

　　结婚后的性生活集中时期。

□ 免税

　　少要点钱,让你多买点。挂一个招聘,调你胃口,让你上钩——简单而堂皇的吃小亏占大便宜的商业勾当。

□ 面对

　　过去的,已经过去;未来的,尚未到来。你只有现在。

　　失败了,跌倒了,请你站起来了;胜利了,得意了,请你蹲下去。

　　对爱你的、颂你的,报以叹息;对恨你的、骂你的,报以微笑。

　　可以享受对你的赞美,但不要相信它;可以忍受对你的污辱,但不要介意它。

□ 渺小

　　站在山顶上的人看山脚下的人,是渺小的;而山脚下的人看山顶上的人,也是渺小的。

　　只不过山脚的人是抬着头,山顶上的人是低着头。

☐ 民主

　　字面上是人民当家做主，在某种意义上主要指官民一致。萧乾先生于20世纪40年代曾写《瑞士之行》一书，举一例，一个美国兵对一个小个子瑞士人说："美国人可以进白宫去白相（走一走、玩一玩），是个民主自由之表现。"那小个子瑞士人说："还不如瑞士，瑞士总统和平民根本就没区别。""你见过总统？"美国士兵问。小个子瑞士人有点不好意思地说："我就是。"

☐ 名片

　　①面具。
　　②现在已经公认，它是"明骗"。

☐ 名人

　　①流行菜单。
　　②有名的人，如此而已。
　　至于如何成名，五花八门，毁誉掺杂。所以，不必迷信、不必追捧、不必倾倒、不必"粉丝"、不必……
　　名人则要好自为之，别把自己当回事儿。

☐ 名声

　　对于一个人的说法和评价，像声响一样的传播和回音。通常不一定公允、真切，在很大程度上，介质（现今叫传媒）起重要作用。它可以扩大，可以扭曲，可以失真，可以变调。人自己很难控制，当然也可以炒作。

因此，不必太介意它。不过，也不可小视它。

- **明天**

　　希望的寄托时。

- **明智**

　　永远明智不犯错，是最大的错误想法。所以，没有永远的不犯错，也没有永远的无错。

- **谬论**

　　从少数人的观点变成多数人的观点。

- **模式**

　　连大作家托尔斯泰说话、撰著都有模式。
　　名著《安娜·卡列尼娜》开宗名义：
　　幸福的家庭都是相似的，
　　不幸的家庭各有各的不幸。
　　又有以他的名义关于疾病的论述：
　　健康都是一样的，
　　得病却各有不同。
　　又有关于美的诉说：
　　美的东西，我不一定都拥有；
　　但我拥有的，都是美的。
　　都说得不错，可后两句尚未找到出处。但愿是真出自托翁之手，而非演绎杜撰。

□ 磨刀

可以是细腻滑润，也可以是霍霍出声；可以是斩病除瘤，也可以是谋财害命。

□ 魔术

把假的变成真的一样的骗术。糟糕的是人们看不出这种骗术。

□ 莫言

莫言获得了2012年诺贝尔文学奖，国人欢腾喧闹，99%的人不懂文学，甚至没看过莫言的书。

莫言就是不要说话。所谓"不鸣则已，一鸣惊人"。莫言之幸，盖源于此。

□ 默哀

严肃地、恭敬地垂手而立，缓缓地、沉沉地低下了头，小心地斜睨着前面的遗像、遗体、挽联和花圈，暗暗地、快快地想着用怎样的脚步走过去，用怎样的手纸擦抹眼睛，用怎样的话语和逝者的亲友交谈……

□ 墨菲法则

一件事情如果有交坏的可能，不管这种可能性有多小，它就一定会发生。

这是前人的发现，我们要时时加以警戒！

□ **墨镜**

如果说眼睛是心灵的窗户,但它显然就是黑色窗帘。为什么要把窗户挡上?怕光、怕看、怕暴露。可要想看内里的东西,也不一定非得通过窗户。

□ **母亲**

生育、哺育孩子的女人。

应该还有教育、影响……

想起莫言,他有很多关于母亲的故事,可以说,母亲成就了莫言,并非仅仅生养。他的最早的、最痛苦的、最深刻的及最后悔的故事都是关于母亲的。诚如他说,我的母亲是大地的一部分,我是站在大地上诉说……

莫言最后悔的一件事是,跟母亲卖白菜,有意无意地多算了买菜老人一毛钱。母亲虽然没有责骂,只是轻轻地说:"儿子,你让娘丢了脸。"

还有比这更深重的鞭挞和罚教吗?

现今,还有多少母亲这样教育孩子,还有多少孩子这样听从母亲这样的教育!

□ **牡丹**

"花中之王","中国国花"。

又有"国色""天香"或者"魏紫""姚黄"之称。

郭沫若将其放在《百花齐放》一书之首,乃有自喻之意。虽说"花开后把全部花瓣洒满田园,真有些败坏风光,让人惆怅",但还是"便抽出了碧叶千张,比花还强"。

看似富贵，登大雅之堂，但毕竟出自花农泥巴之手，出自村姑刺绣之功，出自画家巧妙丹青。达官权贵、名媛雅士玩赏清谈、附庸风韵，谁管背后艰辛酸苦。所谓"赏花人只道花儿艳，种花人清泪落花间"。

世上的事大半如此：建桥人与过桥人，造房人与住房人……直至皇宫与陵寝，钻戒与仙丹……

□ 牡蛎

据说，牡蛎的繁殖特别迅速，世界甚至可以变成牡蛎的王国。于是，他们死亡的也多，被其他动物（包括人）吃掉的也多。这便是自然法则，生物平衡。

□ 目标

自己或别人为你设置的人生驿站，达到后，可以歇一歇，也可以吃顿饭，睡一觉，再赶一程。千万别太累了。

□ 木乃伊

死者想不朽的希望何在？是永生吗？不可能。但引发的是掘墓、开棺、盗宝、参观、品评、解剖……这是死者的本意吗？

□ 沐浴

人是洗不干净的，看上去越干净的人就越洗不干净；倒是泥腿子、油污手洗濯起来容易立竿见影。

□ 墓地

死者的居民小区。

□ 墓志铭

①死的真从容,连死后要说的话都想好了、写好了。

②这简短的文字形成了一种文化,基本上是歌功颂德。有叫墓自铭,则收敛一点,也公允得多,是死者的遗嘱和有生之年未尽之意。最好的墓志铭是慈禧太后的无字碑,无字亦无铭也。铭可是其生前所为,铭可是身后所评。

□ 幕后人

能运筹帷幄,有不可告人目的者。

□ 幕间休息

让崇拜者和好事者窥视的好机会。

耐心
①无奈等待。
②对无奈的忍受。

男孩
怕父亲、恋母亲,为比姐妹优越而自傲。

男女装扮
男扮女,女扮男,古今中外有之。
男扮女,大老爷们装成女的。最著名的是京剧大师梅兰芳先生,现今又有了李玉刚,也算家喻户晓。
女扮男,姑娘装成大汉。

古有花木兰，替父去充军。

后有郭俊卿，当了人民的子弟兵，成了战斗英雄。

其他为了各种目的、需要、基本不想出名，或者怕出名。

花木兰没有办法，那些难成名旦者，又何为？艺术？新奇？又何苦！

□ 男子与数

男子八八（爸爸）

丈夫八岁，肾气实，发长齿更。

二八，肾气盛，天癸至，精气溢泻，阴阳和，故能有子。

三八，肾气平均，筋骨劲强，故真牙生而长极。

四八，筋骨隆盛，肌肉满壮。

五八，肾气衰，发堕齿槁。

六八，阳气衰竭于上，面焦，发鬓斑白。

七八，肝气衰，筋不能动。

八八，天癸竭，精少，肾脏衰，形体皆极则齿发去。

肾者主水，受五脏六腑之精而藏之，故五脏盛，乃能泻。

今五脏皆衰，筋骨解堕，天癸尽矣，故发鬓白，身体重，行步不正，而无子耳。

——《黄帝内经》

□ 难处

困难的位置，困难的问题，困难的境况，最需要理解与帮助。

可以不必褒奖与赞美人家的长处，也可以不必遮掩与袒护人家的短处，而应该关心人家的难处……

□ 难看

真正难看不堪者绝少。

多数的难看不在脸上，不在身上，而在内心、素质和行为上。

如自私、鄙俗、抱怨、野蛮、脏话……

试想，具有上述者，这面目一定难看。

□ 内镜手术

通过伸入体内的管镜及相应器械实施外科手术，而免除开刀之苦，俗称"钥匙孔"手术。

内镜伸展了我们的视觉，延长了我们的手臂。

现在已经有了"机器人手术"（达芬奇）——但可不是机器人做手术，只是外科医师操纵机械手而已。

□ 内容说明书

写给顾客的求爱情书。

□ 内助

贤者，为内助；不贤者，为内阻。

□ 能力

是对压力的反弹，也符合虎克定律。

□ 年龄

①树干断面的圈纹，那便是我们的镜子。

②从出生走向死亡的脚步。

□ 0 岁到 80 岁

0岁：在娘肚子里的一年，常常被忽略的年龄。

1岁：出生便是1岁。所谓虚岁是真正的实岁。

10岁：刚学会大便后把屁股擦干净的男生，或者为第一次来月经而惊慌失措的女生。

20岁：不知天高地厚。幻想当元帅，梦里做女皇。手淫不自禁，以为接吻可以怀孕。气球因热情与激越而爆破，气球因气嘴未扎紧或针尖眼而撒瘪。

30岁：娶了媳妇忘了娘，生了孩子不管孩子他（她）爹。

40岁：不能再放浪不羁，不能再无所适从。——对男士

不能再穿得短透露，不能再做人工流产。——对女士

50岁：要知道夫妻还是原配的最好，孩子不一定是自己家的最好。

60岁：该想想，你不能做什么，而不是还想做什么。

70岁：好管事、爱唠叨，是挂在脖子上的两个重锤，

使你驼背弯腰。

80岁：以前，人们坦诚地称你老王、老李，后来恭维地称您王老、李老，现今背地里叫你老不死的东西。任何时候，都要有自知之明，不管多大年纪，不论别人叫你什么。

□ 念经

某人赴寺庙拜觐，主持见其似心诚，嘱回去晨昏三叩首、三柱香，并诵念藏经：嗡嘛呢呗美吽。

开始尚能念诵，几日后竟然诵不成句，一友人授以记忆咏诵之法，即 All money go my home！果然系高招而灵验。

□ 念念不忘

让女人念念不忘的，往往是感情；
让男人念念不忘的，往往是感觉。

□ 念珠

念佛号或经咒时，手里摆弄的串珠。名贵材质制成、珠大小、串长短不一。可华丽，可朴实。

关键是戴在谁颈上，庄重程度、高贵品质迥然不同。

佛门的人，超度的人，在念什么？说是为普世、为众生！

而普世众生的凡人、普通人的一生就是由无数的烦恼组成的串珠，达观者微笑着数完这串念珠；悲观者不知如何把握这串念珠；暴戾者甚至会拆乱这串念珠……

当然，还有认此为财富和身份者。

佛门的人，超度的人，如何帮助他们？

□ 尿控

就是控制排尿，如控制不佳，即为尿失禁。

尿控与言控（就是控制说话）可有关系？

所谓幼稚，就是既憋不住尿，也憋不住话。

所谓不够成熟，就是憋得住尿，却憋不住话。

所谓成熟，就是既憋得住尿，也憋得住话。

所谓过度成熟，或者衰老，就是憋得住话，却憋不住尿了。

□ 涅槃

①一种快乐的死法，相当于安乐死。最好不限于宗教之说，每一个人的死，都以"涅槃"论。

②类似的名称还有西归、升天、驾崩、仙逝、亡故、死了……

□ 宁静

外面的世界很浮躁，内心的世界也很浮躁。浮躁的感觉不言自明。

我们寻求静，不是安静、不是寂静，安静和寂静只是没有声音，而宁静则有心境。心静自然静，宁静而致远。

宁静是意境。

□ 牛顿力学

实际上没有任何一种理论是永恒的。

□ 女人

她给男人爱与恨、宠与辱、功与过、快乐与痛苦、成功与失败、英雄与犯罪……她不是男人的一半，可能是一点点，但也可能是全部。她可以让你得到一切，也可以让你丧失一切。

□ 女人与数

女子七七（妻妻）

女子七岁，肾气盛，齿更发长。

二七，而天癸至，任脉通，太冲脉盛，月事以时下，故有子。

三七，肾气平均，故真牙生而长极。

四七，筋骨坚，发长极，身体盛壮。

五七，阳明脉衰，面始焦，发始堕。

六七，三阳脉衰于上，面皆焦，发始白。

七七，任脉盛，太冲脉衰少，天癸竭，地道不通，故形坏而无子也。

——《黄帝内经》

□ 虐待

不知道如何爱，也不知道如何恨，所施行的折磨。

□ 诺言

　　醉话、梦呓、小儿咿呀、城下之盟、做比成样、空头支票、昏迷胡说、临终喃语。

O

□ **呕吐**

要对吃进的食物进行检验所需要的动作。

□ **偶然的**

①所有的偶然都是必然线上的一个点。不要奢求偶然，不要怨艾偶然，看好，拉直自己的必然线。

②断碎的必然链条。

P

□ 扒手

测验一个人财富、警觉、胆量、反应等的浪子。

□ 怕老婆

文雅的说法为"惧内",现代的说法是"尊重女权"。承认怕老婆的,是表面怕,内里不怕;不承认怕老婆的,是表面不怕,内里怕。

□ 配种

人对牲畜的逼奸勾当。

□ **盆腔器官脱垂**

主要指女性子宫、膀胱和直肠等脱垂。那是因为人类站立起来了，器官就脱垂下去了。

□ **朋友**

当今世界，朋友的定义、概念和内涵泛化而模糊不清；所以，朋友看似很多，实则很少。还有"美女"和"帅哥"……

□ **朋友与情人**

背叛你的通常是你的朋友，欺骗你的通常是你的情人。

□ **砒霜**

毒药。以前小说中，都以此物谋害亲夫。现今，也是第二者与第三者致死第一者的用品。著名的院士则用它治疗癌，所谓"以毒攻毒"。

□ **癖好**

有些人不欣赏孔雀开屏的正面美丽，却转到后面去窥探孔雀的屁眼。

□ **偏见**

只向右看或只向左看，就是不向前看，也不向上下看。

□ **剽窃**

最典型、最严重的事例是，八国联军把清宫的金箔刮下，镶在自己的牙齿上，以为荣耀。

□ **嫖客**

用金钱购买快感，用道德搅拌污浊的汉子。

□ **平等**

①理想主义者的希望和信条，但过去、现在都没有做到，将来亦难实现。与生俱在的差异便有男女之别、美丑之别，后有智力、体力之别；再有社会存在、社会活动之别。差别永存，相同不在。

②垫一个东西可以一般高。如果不垫呢？如果撤了呢？

③出生那一刻是平等的，都是赤条条，都是那一声呱呱坠地的哭叫，没什么区别，富贵与美丑、卑俗与轩昂，均不在此时。再以后就不一样了……死了，此用草席破布裹尸，彼用绫罗绸缎缠身；此家徒四壁，彼金碧辉煌。

再以后就又一样了：或烧或埋，或喂老鹰或饱鱼腹，或木桩标示或丰碑耸立。个人都不知道了，唯有生者去领会差异。

除了生下来那一刻，死去那一时是平等的，世间则难得平等，追求乃为理想。不平等也没什么不好，于是，有竞争，有差异，有变化，乃为大千世界。

又某日去广东从化青云寺，真乃清静灵性之处。住持甚为热情，命题词留念。余从未在庙宇涂抹造次，不敢违令，颇费踌躇。猛然间，见中堂上有中山先生所题的一副对联：众生平等，一切有情。遂想出两句：呈中山先生训，的确有情，难得平等。乃是对中山先生训示的领悟。

□ 平反

斗争后的打扫战场。

□ 平衡

最无聊、最卑劣的做法是交换妻子或类似行为。

□ 剖宫产

医生给人的第一刀。

□ 扑克

分合游戏或者作为赌具，让人兴高采烈、欢喜若狂或者捶胸顿足、倾家荡产的纸牌。

Q

□ 七夕

牛郎和织女相会的日子,有人想把它作为中国的情人节,但难以找回传统、经典的情爱感觉。"银河"有多宽?有多深?即使不能渡越,也可以打电话、发短信,来个"伊妹儿"(E-mail)。

□ 妻子

她绝不仅仅是爱人、结婚登记者、你们孩子的母亲。她还是朋友、领导、管家、保姆、警察、秘书、奴仆、对骂者……可以或可能,应该或不应该,都由你或不由你来选择。

□ 奇观

锯齿状月食,因为"天狗"牙不整齐;人妖脖子上的喉结,手术未做好;出生就会说话,绝对是讹传;金字塔建筑的精确计算,永远不能破译的谜。

□ 奇闻

90%的广告、50%的消息通常属于此类,所谓"不看新娘,只看嫁妆"。

□ 祈祷

乞求上苍帮助的默词,通常不可告人。

□ 旗帜

彩色布条。是对其顶礼膜拜,还是视其为褴褛,全在于它象征什么。

□ 乞丐

①卖同情,卖怜悯,卖痛苦,卖不幸;要钱,要食,什么都要;不满足,不感谢,不改变主意。于是,形成了一个队伍,形成了一种职业。

②中英文发音、书写相似,有同源之考证价值。最好不要讲谁为肇始,那就会说谁最先有乞讨者。现今已成为一种行当,你不要笑话他(她)、小视他(她),或许他(她)比你有钱。

□ **启示录**

故作深沉的文字游戏。

□ **汽车**

交通堵塞,空气污染,撞伤轧死,制造噪音。文明的怪癖,灾祸的渊薮,慵懒的温床。

□ **器**

器皿、用具,人人皆知。

但被作为器、仅为器,则人人不觉也。甚至说"真不成器",这种恨铁不成钢的话。

而圣人说:"君子不器",乃告诫我们君子不是器、器不是君子。君子用器,而不为器,乃为上,为善。

□ **器官**

身体的各种器官、系统,它们有的是由管腔或管道组成的,但它们不是器管、不是试管、不是容器,而是组织复杂、功能协调的器官。

如消化器官系统,从口腔、食道、胃、小肠、大肠,直至肛门;女性生殖器官系统,从外阴、阴道、宫颈管、宫腔,直至输卵管,游荡于腹腔,接近于卵巢;泌尿器官系统,从肾脏、输尿管、膀胱,直至尿道……

如若认为这些只是些器官,用药施治,随便放入,多多益善,则必大错特错矣。

□ 器官、功能与意愿

人体的各种器官，都有其功能，虽然随着进化，器官本身的发育及功能都发生了变化，也是"天生我材必有用"，"用进而废退"。

不论怎样，每个人对自己身上的东西都无限的珍爱与怜惜，有时尽管不怎么如意、不怎么好看，甚至有了毛病，有的或者就是生命和生活所必需而绝不让其失去。

请看患者的心声，或者只跟医生说过：

"除了生命以外，最不能失去的是光明（眼睛）。

如果切除了我的子宫，几乎等于没有了女人的尊严。

我宁愿锯掉一条腿，也不想丧失性功能。

为什么把阴毛刮掉（局部手术前的皮肤准备，亦称'备皮'）？哪怕还会长出来，我也不愿意。

……"

患者的想法不一定全对，或者与医学相悖，但毕竟是可以理解的意愿，医生是应该考虑的。

□ 谦卑

往往是一种装模作样的顺从，本身只是一种骄傲自负的诡计。

□ 谦让

对权贵、长辈、老师、亲朋以及任何惹不起的人的躲得起的无奈。

北京贝贝特方家店 http://bjhts.tmall.com
服务邮箱 buy@hinabook.com
服务电话 13366573072 010-57499090

⑤ 邮寄至：北京市东城区景山东街钟鼓楼胡同13号北楼2层
北京贝贝特（北京）有限责任公司 邮编：100009

③ 将此信息登记表件寄至：
010-64018116

④ 登陆网站：www.hinabook.com，点右上
上角"注册"，就可会员信息登记表。

如何加入后浪读书俱乐部？

① 拨打电话 010-57499090，向客服人员
登记您的信息。

② 发短信至 18811421266，我们将回复电子邮
登记您的信息。

读者调查表

您从哪本书得到这张卡片的？
您从哪里购得这本书的？
您的阅读方向？
您希望我们为您推荐哪些新书？
您的意见或建议？

姓名 _____ □先生/□女士
Email _____ 生日 ____年____月____日
固定电话 _____-_____ 手机 _____
单位 _____ 职业 _____
地址 _____
QQ/MSN _____ 邮编 _____

↑↑资料 (请您认真填写并回传)

欢迎加入后浪读书俱乐部 www.hinabook.com

后浪出版咨询（北京）有限责任公司
POST WAVE PUBLISHING CONSULTING (BEIJING) CO.,LTD.
www.hinabook.com
拍电影网
www.pmovie.com

- 加入我们，可以得到定期的新书信息、电子读书报、活动信息、后浪小礼物、购书优惠券、作者签名书籍和海报、毛边书等等。
- 俱乐部将从每月新增会员中抽取 3 名赠送当月最新出版的书籍一本。
- 会员书评投稿如获纸媒发表将有机会获得后浪新书 1 本。
- 欢迎登陆 http://www.hinabook.com 和 www.pmovie.com 了解更多活动信息。

* 本活动最终解释权归后浪出版咨询（北京）有限责任公司所有

- □ 谦虚

    吃亏的美德。

- □ 强奸

    有道是"肉体已经占领,思想交流还未进行",这是最雅、最适宜、最有法律定义的解释。

- □ 强迫

    要想不愿意想的,要说不愿意说的,要做不愿意做的。最怕不知道谁是或者难以摆脱的指使者、主宰者、控制者。

- □ 桥

    方便朋友通过,也使敌人容易侵犯。可是人们还是愿意架桥。

- □ 巧克力

    黑色情人。

- □ 惬意

    自我寻开心。

- □ 亲近

    趋向零距离接触。

□ 亲亲

　　此处不是动词之亲亲,而是名词之亲亲。现已成为流行之称谓,无论男女,亦不在于真的那么亲密。

　　诚如美女、帅哥之泛化,不一定美,不见得帅,甚至不论其年龄。但这么一叫,似乎亲切,大家感觉良好。

　　《礼记》云:"亲亲、尊尊、长长、男女之有别,人道之大者也。"讲的是各种分别,此系古话,现今都不论,也都忘却了。

□ 侵略

　　没有一个侵略者,承认自己的侵略。因此,关于侵略的争议就是战争。

□ 轻浮

　　送媚眼,发鼻音吟语,送飞吻,露胸乳,着超短裙,走三步停两步,左顾右盼,不知什么时候把口红蹭到谁的肩上。

□ 轻率

　　是否轻率不在于过程,而在于结果。好的结果不被认为是轻率,而被誉为痛快、果敢。

□ 轻与重

　　举重若轻,战略上藐视;

举轻若重,战术上重视。

□ 清明

2009年,清明感怀:
人间多炎凉,天国可平安?
寰宇皆如是,自然不自然。

□ 情歌

爱的歌、爱的声。开始很原始性、很原生态,现今很流行、很洋化。除了个别地区、民族以外,靠情歌达成情爱的很少。

但情歌表达感情,教我们善良,让我们美好。所以,大家都喜欢情歌,不一定以此谈情说爱。

□ 情侣

一对啜食了醉汉呕吐物,不知所以的鸳鸯。

□ 情人

一般指异性间的爱伴,也有同性的(是为同性恋)。这种爱可以有多种缘由,总括而分:

情爱——感情使然。

敬爱——由崇拜而生。

利爱——因金钱、权势、利益所为之。

性爱——为性欲驱动。

这四种或具其一、其二或者结合起来,比重不同,颇为复杂。于是，这种关系，复杂多变，也可美言之"丰富多彩"。

- **情人节**

    世界性骚动。

- **情书**

    发情期的胡言乱语，过后多数都不认账。

- **情与智**

    有些人虽然聪明而有才干，却招人厌恶；有些人虽然有缺点和过错，却讨人喜欢。

- **请客吃饭**

    选择的顺序是：
    第一位是人和事（与谁吃），
    第二位是地点和环境（在哪儿吃），
    第三位是菜和饭（吃什么）。

- **穷人**

    没有钱，没有房子，没有吃穿，没有知识，没有技能，没有妻子儿女……只要占其一，便可"诊断"。

- **琼浆**

    形容绝美饮品，前面还可加"玉液"二字。谁都喝过，谁都没喝过。所以"玉液琼浆"是精神饮料，全在自我感受。

□ 求

科学求真，艺术求美，医学求善。

哲学求思（想）。宗教求源（缘）。

我们何所求？

□ 求婚

是求爱？求欢？求钱？求房子？求地？求子女……

□ 曲线

道路的曲线于快车而拉直。

钢铁的曲线于高热而拉直。

□ 缺陷

通常以为不足是缺陷，其实多余也是缺陷。所谓"过犹不及，多亦或缺"。

众所周知的"6指（趾），还有18三体、21三体（先天性愚型），乃非整倍体"，也是多余所致。

□ 裙带关系

任人唯亲。唯亲者可在任人之前，也可在任人之后。

□ **群众**

　　古今中外，几乎所有的领袖和政治家都说"群众是真正的英雄"，他们代表群众的大多数。但历史只记录皇帝、总统、英雄、统帅。但人民群众是水，汇成江河之涌；人民群众是土，积成山峦起伏。领袖来复去，人民永长存。

R

- **热胀冷缩**

    水例外。所以,什么都有例外。

- **人格**

    不大不小,不远不近,
    不深不浅,不清不浊,
    不冷不热,不卑不亢,
    不美不丑,不高不低,
    不智不愚,不露不藏……

- **人际关系**

    像塑料罐里的糖块。西方的糖罐,温度比较低,糖块间清爽分明；东方的糖罐温度比较高，糖块黏黏糊糊粘在一起，比较麻烦。

□ 人生

①一场欲望引起的无休止的斗争。不是作者说的，是佛的教导。

②从实际上说，你并不知道，到世上来做什么，或者能做成什么。至于"有志者事竟成"者乃属巧合。

从根本上说，你也不知道你在等谁，或者未来爱你的人也不知道。所谓"一见钟情"纯属偶然。更不知道未来你是否还爱他（她），或者他（她）是否还爱你。

□ 人体"三宝"

精、气、神。

精者生命之精华，基础也；气者生命之能量，动力也；神者生命之象征，表现也，乃精与气之结合而生，并有灵魂蕴含其中。

所以，我们每个人、每一天，都要有精、气、神去生活、去工作。

□ 人性

和兽性只差一毫米，这已经被基因分析所证实。

□ 人与狼相比

人之所以说狼凶狠，是因为狼与人争吃羊。

□ 人与时间

我们都是挂在时间（或时钟）上的人。

时间可以治疗一切，时间也可以引发一切。

□ 人之初

《三字经》称："人之初，性本善……"

现今，古语受到了挑战！而且，这种挑战是源于基因水平。1976年，英国生物学家理查德·道金斯出版了惊世之作《自私的基因》(The Selfish Gene)，其基本观点是基因是自私的，它一切为自己的生存。而基因可是我们身体的基本单位，生命体本身不过是基因为了让其延续所"借助"的工具而已。基因无关乎道德，无关乎美好。

此乃触动人之痛处——人之初，性本恶乎？

反正，基因就是这样的。所以，人是需要教化的。

对于个体，道德可能是从根本上为相互更好生存达成的"约定俗成"的妥协。

对于群体，法律可能是从宏观上为平衡利害关系制定的规矩（如果是公平的法律）。

这样就保护了每个基因，进而是每个人体。这是人类的社会选择，如果靠自然选择呢？是更好，还是更坏？

无论如何，道德和法律是必要的，不能靠上帝和神灵的恩赐，因为"他们"也许不公平。

有人甚至说，我们都是基因的奴隶。噢，现在医学已经有办法敲出或改造、改变坏基因，如某个致病基因、癌基因。

那么，社会呢？人群呢？某个个体呢？

□ **忍耐**

多数的忍耐是无奈。

□ **日记**

多数为欺骗别人的文字，少数为自己记的流水账。

□ **容貌**

女人的容貌美丽是绿色的通行证，可也是容易出问题的原因。男人靠的不是容貌，面容姣好的男士被称为"无用"的奶油小生。

□ **容器**

皇冠、龙袍、宝座、豪宅、名车、"伦敦雾"风衣、"爱马死"皮带、"哭泣"皮鞋、"路易威登"手包、茅台酒瓶、矿泉水易拉罐……都是容器，里面是什么？谁在里面？越来越不重要！把它们都看成容器吧，用不着羡慕、嫉妒、恨，因为里面什么都可以有，里面的东西是变的。只要把里面的东西倒出来看，就知道不过如此。

子曰：君子不器。是说，君子不是器，君子有理想、修养、道德；器不是君子，器是工具、用具。

□ 容忍错误

没有什么人能比那些不能容忍别人犯错误的人,更经常犯错误。

有些经常犯错误的人却不容忍别人犯错误。

□ 肉体

肉体是在灵魂之下的,它也可以与灵魂脱离而存在,比如常说的"行尸走肉",或医学上的"植物人"。但灵魂是否也可以脱离肉体而存在呢?

□ 乳房

让孩子吮啜摆弄厌了,而让成人垂涎手痒的圣地。

□ 乳牛

她不仅是牛的妈妈,也是人的妈妈,是伟大的母亲。到最后,还要把自己的肉体完全献给人类。人什么时候知道孝敬她,又如何孝敬她?

S

□ 三

一、二、三,三是大数,三是结数。

事不过三,表明不可一而再,再而三。三山五岳,乃为群山峻岭。

"三大纪律""三讲""三突出""约法三章"……政治军事用之。

"三基三严"(基本理论、基本概念、基本技能及严肃、严格、严谨),科学技术用之。

三缄其口、三省吾身、"三点秋香"、"三进山城"……用于文史哲戏。

一、二、三,三是小数,三是始数。

出发开枪令、照相按快门,三人一小组,最基本单位……

记住三,以此始,以此戒,以此结。

□ 三闹

人的一生,以年龄、生理过程,自然有明确分期,若以"三闹"划分阶段,岂不更妙,又以女人为最宜。试看:

"闹春期":20岁以前。呱呱坠地,咿呀学语,蹒跚举步,两小无猜,青春萌动,异性吸引,谈情说爱,浪漫无拘,难免荒唐。

"闹生期":20—40岁。谈婚论嫁,卿我周旋,经营家庭,流产、生产、避孕、节育、不孕不育,千方百计、不亦乐乎、不亦邪乎。

"闹更期":40岁之后,生理变故,性腺衰萎、激素紊乱,莫名难过,功成名就,脾气大增,各方压力,不尽烦恼,遥遥无期,何时为了,真"多事之秋"!

问题在于,各期都要闹得好,闹得精彩,才热闹!闹得不好,闹得龌龊,也热闹!

□ 三自

解放初期,宗教界提出"三自"爱国运动。

而今,如能做到如下三自就很不错了,即自然、自由、自省。

□ 杀鸡骇猴

如果猴不理解，则鸡白白做牺牲品，只好去做炸鸡。但在禽流感流行时节，杀鸡是给人看，或杀鸡骇人。

□ 沙丁鱼

不知道，为什么它们总是一般大，整整齐齐，密密麻麻地排在罐头盒里。它们天生就是这样一致的归宿吗？

□ 沙漠

石头的碎末。

□ 善良

好人，但极难得到人的好回报。于是，真善良也。

□ 商人

以攒钱为目的，以物质流通为手段的一群钻营者。可以一朝腰缠万贯，可以顷刻一贫如洗。

□ 上当

上当受骗，通常不是由于自己的愚钝，而是觉得自己比别人精明。

所谓吃小亏占大便宜，结果是占小便宜，吃大亏。

□ **上当受骗**

从贪图小便宜开始。

□ **烧烤**

当人类告别了茹毛饮血的原始饮食之后,最开始的熟食便是烧烤。进而有各种方法,煎炒烹炸,各种风味,酸甜苦辣咸;进而复杂化,各种风格,中国式、日本式、马来式、法国式、意大利式、俄罗斯式……后来都吃腻了、吃厌了、吃烦了、吃遍了,于是重新烧烤起来,原始成为现代,粗犷成为时尚。

□ **哨兵**

哨兵常常第一个发现敌人,哨兵也常常是第一个牺牲者。

我们的哨兵神圣不可侵犯,

敌人的哨兵必须干掉!

□ **奢华**

金缕玉衣,马桶镶银边。满汉全席,牛奶珍珠粉沐浴。围湖庄园两人住,百亩陵寝一人眠。原来都是既无用也无益的样子,全是向人炫耀的。

□ **舌头**

食的舞台,味的舞台,

话的舞台,情的舞台。

□ 社交

竞争较量、伪装欺骗、委蛇献媚的漩涡；追逐地位、权贵、财富、美艳情欲的迷宫。

□ 身体

身体是一尊生命的山，还有流动着的江河、湖泊——血液、淋巴和其他……（《妇科手术笔记》关于血管淋巴的描述）

□ 深闺

只允许性幻想的牢笼。

□ 神秘

迷惑莫名的人或物，或像……其实，它们都没有遮拦，比如宇宙，爱因斯坦说："我揭开的只是遮蔽住自己眼睛和心灵的面纱而已。"

□ 沈从文体

我认识许许多多聪明的大夫，遇见过他们治疗了许许多多的病人，知道他们治愈了许许多多的病，却也知道他们治愈了许许多多没有病的人。

□ 生

我们可能生几次，但只能被生一次。

□ **生日**

母亲蒙难日。

□ **生殖壮丽**

生殖使生物得以繁衍，种系延续。生殖可以是简单的（如分裂），也可以是复杂的（虽然从分裂开始）。生殖是壮烈的！不少动物完成生育之后，便离世而去——此生的任务就是生殖，完成传宗接代。作为最高等动物的人，分娩前后的死亡率从千分之几到千分之几十，都发生过。称"生产是母亲的鬼门关"毫不过分！"每个人的生日是母亲的苦难日"十分贴切！

所以要敬畏生殖、孝奉母亲。有些国家的"狩猎法"规定，不需射杀雌性动物和幼崽。蒙古英雄嘎达梅林说："只要有母亲和孩子，草原就有希望！"多么爷们儿！多么壮烈！

更壮烈的是一些鱼的生殖：成鱼在河流的上游产仔，顺流而下，逐渐长大。在河的入海口盘桓，继而再溯流而上，发育成熟，然后，再产仔……

要知道，无论是顺流或溯流，都要历经千辛万苦，遭遇危险，甚至人的捕食，会有大批减员。

更要知道，产仔后，它们就会光荣地死去，那是完成生殖伟业后必定的牺牲——漂浮于碧绿的江水之中，美丽的红色鱼肤，"血染"满江，何等壮烈！

这就是生命的歌。

□ 失败

没有画圆的圈，美其名曰"失败是成功之母"，但有人一辈子也画不圆。

□ 失眠

开始由于想事儿睡不着觉，后来，睡不着觉也想不成事儿了。

□ 失态

没有伪装的希望，诚如酒后吐真言。

□ 诗人

梦呓的疯人。

□ 时差

对时间的惯性留恋和莫名记忆。

□ 时间

都说时光流逝、白驹过隙、岁月荏苒、日月如梭……
但奥斯汀却说：不，是时间停驻，我们飞驰而去……

□ 时尚

浮躁、奢华、冷漠、敷衍，
急功近利，坑蒙拐骗……
职称灌水，褒奖贬值，

金钱钥匙，权势绿灯……

但愿不是时尚！

□ 时装表演

①动物就有（蛇）蜕皮、（鸟）换羽、（龙）变色。人的穿着变换原为新更旧、外更季、内更外。现今可谓五花八门、色彩斑斓：

外从皮袭，内至文胸；

上从顶冠，下至踏履；

可用数百个布条拼图，也可用一整块毯子围拢。可有数十个孔洞作窥点，也可以只遮1—3点而绝大部分暴露无遗；可以紧锢其身几乎迈不动脚步，也可以飘逸得差不多甩掉了遮盖；可以作为文物收藏、价值连城，也可以一次性消费弃之如敝屣；可以让人惊叹于美轮美奂，也可以使人咋舌于"皇帝新衣"。再想想食不果腹、衣不避寒……

②原始人以树皮、草叶遮羞，或避寒暑风雨，乃为衣之起始。后来"新装"越来越多，越来越严，甚至上罩头面，下笼足踝。尔后，又逐渐剥脱，越来越少，越来越露。几至全裸，遂回归于原始。

③10%的观众看时装，聚精会神，表情严肃，不说话；20%的观众既看时装，也看模特，轻松愉快，时而点头，时而交头接耳；70%的观众盯着的是模特，穿的什么不在乎，于是狂呼、乱叫、吹口哨……

□ 适

适是一个最好的词，最好的度，比好还好。

适中、适宜、适应、适龄、适值、适宜、适可而止……没有一点不当之处，特别是适可而止为适之最！

□ 适应

麻木。

□ 誓言

在教堂的婚礼上，在旗帜的光辉下，在亲爱者的目光里……信誓旦旦，庄严肃穆，煞有介事；海不枯、石不烂；富贵不能淫、威武不能屈；如江河长流、与日月同在；五雷轰顶，天诛地灭；出门撞车、生子无肛……说是说，做是做，履行者约为20%。

□ 收集者

收集邮票者被称为集邮家；积攒女人内衣者被认为精神有问题；收集字画者被誉为文人名士；收敛钱财者被定为贪污；用美女包装香车，是有创见的企业家；用美女干别的龌龊事则是老鸨。水分升天积聚成为云，降落而成雨，再蒸发升腾又为云雾。收集意在如何？

□ 收入

就是挣多少钱。有时，收入高，被人尊崇；有时，收入高，被人鄙夷。真难说，收入高低，孰好孰坏。但收入低，总不是好事。

□ 手帕

本来是用来擦鼻涕的，后来竟成了情爱信物；本来是用来遮挡一下打喷嚏的，后来成为唱京剧、跳二人转的耍物；本来是差不多就对付用的布，后来又刺又绣、又贴又镶、又包又裹，成了了不起的珍品；本来是装在裤带或男士屁股兜里的，后来可以藏在衣袖里，跳到上衣口袋还要露出个小角，或者爬到女士旗袍接近髋部的"开气"处。

□ 手术刀

外科解剖刀就是剑。(The scalpel is as a sword.)——外科大师的话。是双刃剑，既可救人，也可杀人。既可伤别人，也可伤自己。

不是好玩的东西！

□ 手纹

父母给我们刻的遗传印记。

□ 手相术

古已有之。当代科学叫"肤纹学"，手掌上的"基因图"。可以说，至今尚无人能看懂，所有的相士，无论是江湖术士还是科学家，都在骗人。

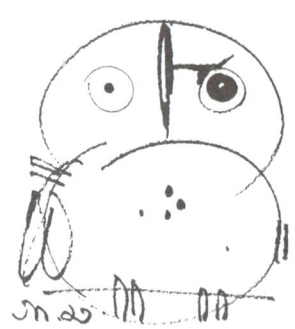

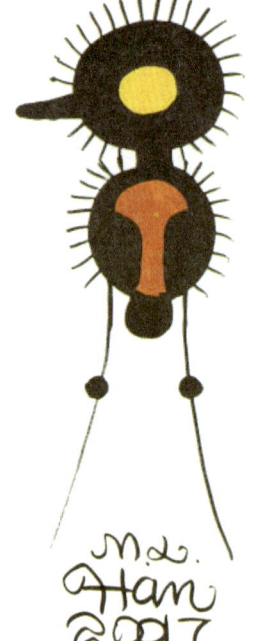

□ 手淫

即时可行的性游戏，比太太和情人都随意而兴奋，因此自责完全没有必要。

□ 手杖

绅士的"文明棍"（要着西装革履、戴礼帽才搭配），盲人的试探器，樵夫打草驱蛇，手脚不灵残疾人的依靠，黑夜赶路者的哨棒（像武松过景阳岗）……最数绅士的那根棍子虚伪无用。

□ 守株待兔

这个古代寓言，一直被贬为心存侥幸、不劳而获、狭隘经验、不知变通等。

其实，守株待兔的信心、耐心、坚韧，甚至牺牲精神也是可取的。

□ 首饰

用金钱打造的各种质料，光怪陆离的约束物、累赘物，除自我陶醉、自我炫耀外，没有什么益处。

□ 受虐狂

一首歌唱道：我愿她拿着细细的皮鞭轻轻地抽打在我的身上……

□ 受伤

　　肉体受伤，会生出肉芽；
　　思想受伤，会长出思想。

□ 受书

　　就是接受别人的赠阅，或者是赠者写的（尤为看重），或者是推荐的新书、好书、有意思的（也令人兴趣盎然的）书。

　　我会当成宝贝，胜过一切的礼物。一定要先浏览一遍，前言或序、后记或跋、目录及大概内容……甚至封面、扉页及封底、内容简介等。有一个初步的、较为明晰的印象，留待以后阅读。

　　这是对书的态度、作者的态度、赠者的态度。

　　态度是价值！

□ 授书

　　就是赠送给人家自己写的书。

　　其实，自己是很郑重的、有所期望的。希望人家看重它、喜欢它，哪怕有批评与意见。

　　可情况却有分别：

　　有时挺郑重地将书捧奉给对方，对方也算热情地说了声谢谢，看都没看一眼，翻都没翻一页，就放在一边，或交给秘书。被我等看成"仪式"的授书，如此而已，未免心灰意冷。也许，人家会把它放在漂亮的书架上（算是最好的归宿了），看与不看，只有天知道。

也有令人激动不已的。那人得了书,如获至宝,急不可待地翻阅,也不管周围的人干什么,也不着急别人劝他吃饭……还不时啧啧赞叹或喃喃自语,甚至发现了一个错字。这书给对人了!

□ 书

①思想的圈地,知识的台阶,智慧的宝藏;教唆的蓝本,骗钱的废纸,罪恶的渊薮。

②有很多名人大家关于书的论述。我欣赏的是:

书是人类进步的阶梯。——高尔基

一部好书就是一场"灾难"。可惜,这样的书不多。——佚名

□ 书店

到一个国家、一个城市,别忘了光顾书店。

通常是综合性的书店,其内有不同的门类,都比较容易选择。而且现今又有图书索引,即使自己找不到想要的书,提供书名、作者或内容,得到也多不困难。服务好的,还可以从书库、其他书店调出,或若干时间后印得。在美国,一些冷僻的、销量不多的书,是先预订,然后印刷出书。

专业书店则更可满足不同需求,如艺术、医药卫生、考古、地质、化学……

再就是有趣的旧书店,往往会给人惊喜。千万别带着目的去逛旧书店,那通常是要失望的,因为如同大海

捞针，况且根本可能没有你要捞的"针"。就是随便逛逛，随意看看，不是寻求书，而是寻求惊喜，那才是逛旧书店的乐趣。我有几本书完全是在欧洲旧书店淘来的，且价格十分便宜。

书市，其实并没有什么意思，不过是一些没卖出去的书的大铺展、大甩卖，也许有好的、中意的书，但不会多。

我挺欣赏书店里的管理员或服务员，可以接受那么多好书、新书。但好像都挺忙，虽然有机会，但是否有时间读书呢？图书馆管理员倒是可以读不少书的，比如伟大领袖毛泽东同志。

□ 书法

一种是书法名人，一种是名人书法。

一种是有书无法，一种是有法无书。

不过，居其一，已不错了。

□ 书房

通常是没有它的时候，写了不少书；而有了它之后，却无暇写书了。或者有它的人，不一定写书；而写书的人，却并非必须有它。

伟大的著作通常不是关在书房里完成的，只是多了一间听音乐、喝咖啡、闲聊天的场所。

□ 书稿费

职业作家是靠稿费生活的,即卖字也。包括鲁迅先生(有关于稿费的文章),因为他的产量多,生活不拮据。

二十世纪五十年代,我国稿费很高,有"一本书主义",是说写一本书就可以很优裕的生活。我时值中学,也小试文笔,一首四言小诗,一行二角五分,共一元钱,可请同学三人到外面吃顿饭,满足之极。一篇散文竟可得十二元,相当于甲等助学金,足够一个月学费、生活费。

六七十年代,稿费降至极点(甚至还要个人包销书著),我的《新婚必读》印数逾千万册,共得稿费五十六元。庆幸的是,当时还挺得意,毫无怨言(今天,亦无怨言也)。

□ 书后记

又称跋。

写在最后,以弥未尽之意,可千万别画蛇添足。

以简短为佳,若太长了,无异于长尾巴,让人厌烦。

因此,对于跋的解释只能结束。

□ 书面

书的封面很重要,犹如人的脸。

可以朴实,可以华丽;可以普通,可以特别。

一本书不靠封面,正如一个人不靠脸面、现在讲心灵美,看的是书的内容。

但封面与内容俱佳，岂不更好。

所以，才有认真的封面设计。

☐ 书名

书名是招牌、是门脸。

要吸引眼球、吸引读者，除了作者之外，这是主要亮点，而内容还尚未可知呢。

刘绍棠的《黄花闺女的池塘》，作者都说，这是编辑给起的名字，获得了九十年代文学奖。毕淑敏的《拯救乳房》、莫言的《丰乳肥臀》……都挺动人的。无论如何，"吸引"是个动机。

☐ 书评

图书叫卖！

如药物广告、保健品代言人、香车美女……

基本说好的，不好的不说，或说了也不登。

现今不是"老王卖瓜,自卖自夸"，而是"老赵卖书，老王吆喝"。

☐ 书写

寻觅字的灵性和含蕴，探究词的意境和展拓，体味文的敬意和喜悦。

书写是与自己相处的最真实的感验和仪式。

所以，我总是沐浴更衣，正襟危坐。

□ 书序

与跋相映，一前一后。

序与前言难分，序可以是由作者自己写，所谓自序，也可以请别人写。而前言通常是作者自己要说的话，有时冠名"写在前面"。

序言可是大有讲究！尤其是请名人或权威人士写序言，乃是一件极庄重的事。一方面是作序者要对书认真阅读，充分把握，言词斟酌；一方面是作者对序及序者尊重、期许、心存感激。如果双方都如此认真对待，则此序必是佳作美文；如双方都是漫不经心，则那序也不过应景之作，必言之无物，奉承几句罢了。

毛主席的序，是其选集或思想的重要组成部分。

关于序的"美丽"传说是：蒋百里请梁启超为其《欧洲文艺复兴史》作序，梁公应允写序，却刹不住车，竟达数万言之多，与蒋先生原著一般长，只好独立出版。梁又反过来请蒋为其书作序。

真乃序之绝唱也。

□ 书主编

可以是总设计师、策划者、主笔者，可以是挂名者，可以是沽名钓誉者……

请对号入座。

可都是要负责的。

☐ **舒适**

　　暂时对难过的超限抑制，这之后一定会更难过。

☐ **术与道**

　　术乃具体的技术、方法、技巧，道系理念、观点、道行。

　　术具实施性、表现性，道属根本性、决定性。

　　有术，更需有道。

☐ **数学**

　　数字和符号的组合游戏。

☐ **数字与诗**

　　儿时读的诗，至今不忘：

　　一片一片又一片，二片三片四五片，

　　六片七片八九片，飞入芦花都不见。

　　（起初似乎只是学数数，最后一句多么有诗意！）

　　后来又多传诵：

　　一去二三里，烟村四五家，

　　六路七回转，八九十支花。

　　（传来传去，也有改变，但意境既清新又隽永。）

　　最难为司马相如和卓文君了：

　　司马相如已度过艰难困苦时期，晚年竟也移情别恋，要在外面纳妾了。

　　他给文君一笺十三字：一二三四五六七八九十百

千万。从一至万,独无"亿"(即无忆也),有绝情之意。而文君回复郎君一首"怨郎诗":

一别之后,二地相悬,只说是三四月,谁又知五六年。七弦琴无心弹,八行书无可传,九连环从中折断,十里长亭望眼欲穿。百思想,千系念,万般无奈把郎怨。(未加考证,也许是野史吧。)

□ 摔跤

闹翻脸的同性恋者。

□ 双关语

弦外之音,通常拨弄着完全不同的两种人的心弦。

□ 双刃剑

从科学、武器到化疗、爱情,万事万物皆然。没有纯粹的利,也没有纯粹的弊。

□ 水肿

黄瓜、西瓜是储存水分的,人则要将摄入的水大部分排出,否则便成为水潴留(即水肿)。这一原理被某些农民掌握,即直接用水灌注猪肉,以增加重量,乃是发明。

□ 睡

生命"土地"的"轮作",否则,人的寿命恰好折损三分之一。

□ 私奔

　　两个相爱之人的逃跑。在干什么都要身份证、经常有居委会查缉的今天,再加上"天网恢恢,疏而不漏"(《老子》),私奔这个词大概要消失了。

□ 私人秘书

　　有权有钱有势人士的贴身物,可以是一只眼、一只手、半个屁股,也可以是演双簧蹲在后面说话的那个人。

□ 思考

　　人的想法。通常多数人的想法是无用的,只有少数人的想法,才能派上用场。

□ 思想者

　　我们也会像罗丹刀刻下的"思想者",那是在如厕蹲坐时。

□ 死亡

　　①通常是说"生命停止"。但其定义、解释及理解有很大不同。

　　医学的死亡有脑死亡("植物人")、心肺功能停止等;

　　法学则有自然死亡、不正常死亡(包括自杀、他杀……);

　　人文学诸如臧克家所说:"有的人死了,他还活着;有的人活着,他已经死了……"

佛学、神学或者其他学又说，超度、涅槃、升天国、见上帝、会马克思；有阴阳界、奈何桥、地狱阎王；又有转世、下凡、轮回……

从哲学、物理学而论，生俱死，死俱生，物质不灭矣。

如此看来，生死本无界限，乃一联线，乃一周圆，应无所惧、无所悲焉。

②死亡隶属生命，

正如诞生一样。

举足是走路，

落脚也是走路。

所以，古希腊哲学家伊壁鸠鲁说："死，不是死者的不幸，而是生者的不幸。"如若大家都想得开，则生者与死皆无不幸也。

□ **四月**

诗人们都喜欢谈论的时节，典型的是林徽因的"人间四月天"。可能因为这时，春风勃动，万物发情。

□ **颂词**

为权贵、名流起舞时的伴奏，有时会把舞者弄得神魂颠倒而变得疯狂。

□ **搜身**

已经接触了身体（touch the body），感觉和强奸差不多，一个很得意，一个很难过。不同的是，强奸犯罪而搜身合法（特指授权检查者）。

□ 苏东坡

苏轼（1037—1101），字子瞻，号东坡。北宋最伟大的文学家，诗、词、赋、文皆佳。

我们还会看到他的苏堤，说他的吃肉。东坡嗜肉，并留有"东坡肘子""东坡肉"，为世人所爱、所记。

东坡的饮食习惯似乎与现今流行的营养学问、减肥时尚不合流，但东坡得古稀而卒，终其天年，在当时也算高寿。

笔者在这里记述东坡词条，显然不是诠释他的文学成就和政治生涯，而是对其营养观念的别析。

□ 酸葡萄

她看见前面那个中国女孩和一个年纪不小的老外搂腰搭肩走着，颇不以为然，甚至有点愤懑。疾步走向前，超过他们，回头一看，那女子长得实在不敢恭维，她舒服多了，畅快多了，喃喃道："她这样，也只能哄哄洋鬼子。"

□ 损失

人生到世，实际上只有得到，没有损失——我们得到食物，长了身体；得到衣服与房屋，得以避寒暑；得到配偶，得以生育儿女；得到知识技能，得以服务于人并维系生计……我们丢掉的不过是曾经得到的，直到把一切损失了，那也很自然，我们又回归于初始。

□ 笋

　　鲁迅先生想入非非，联想到男根，联想到中国饮食。其实，吃笋的最大问题是吃掉了一棵竹子。

T

□ 太平间

过了阴阳界或奈何桥后的第一站,到那边去的"洗礼"是冷冻。

□ 贪婪

人的一种性能,或有或无;或先天俱在,或后天获得;或轻微,或严重,各有不同。有道者,美其名曰不自满,或永不放弃(Never, never, never give up.——Winston Churchill [丘吉尔]);无道者,为之贪得无厌,欲壑难填。

□ 弹力裤

想要暴露，又不想完全暴露的遮羞布。

□ 堂·吉诃德

在中国，和堂·吉诃德齐名的是阿Q。阿Q不像堂·吉诃德傻乎乎地和风车挑战，他永远在自我胜利、自我陶醉之中——这是我们的榜样，我们的国粹。

□ 糖

欺骗舌头的炮弹。

□ 烫衣架

用压与热，强迫出平整及线条。

□ 陶醉

似醒非醒的、迷蒙回味的幻想状态——精神的或物质的刺激所产生的麻醉效果。

□ 讨论

真正的讨论应该是唇枪舌剑，遗憾的是，多数讨论都是京剧舞台的武生对打，相互照应着默契完成。

□ 体操运动员

用人的大脑、动物的小脑、荷尔蒙与蛋白质维养的肌肉以及强力弹簧组装的运动器。

□ 剃刀

人体"锄草机"。鬓发体毛的割剃、修饰，手推刮、电动铲均可。洋人尤其需要，因为从进化上讲，他们比较原始。

□ 剃须刀

面部锄草机。

□ 天才

①和笨蛋搭配而生的尤物。

②就是说"天生我材必有用"。

③把会叫"妈妈"说成是很早就会说话，把常哭啼说成是美丽歌唱，把不断索要糖块说成是数字奇能，把摆弄生殖器说成是性早熟……凡此，皆为天才。

□ 天命

可知者，不可知者；经历者，未经历者；所思者，未思者。皆为天命。

天命不可思议，亦可思之。

天命乃为人与自然：自然为天，坐落于人，即为命。

认知天命，是为仁；敬畏天命，是为礼；顺应天命，是为义。皆为圣人所言，时事教训。

子又曰，五十而知天命。也难。

□ 天气预报

明天本市晴，下午转阴，多云，有时有小雨、中雨，局部地区有大雨或大暴雨。降水概率0%~100%。无风或者1~2级风，有时3、4级或5、6级，最高达7~8级或9~12级。

□ 天堂

一个死后美好的去处。人们对美好的感受和期望是不相同的，因此，什么是天堂就是有差别的，每个人都有自己的天堂。

□ 天真与天才

天真离天才最近，虽然看去相差甚远。
而所谓精明、世故却离天才很远。

□ 条件反射

最初，巴甫洛夫用以欺骗狗的设计，其实狗早就用自己的肉（如挂羊头卖狗肉）来欺骗人的感观。早在巴甫洛夫以前的中国三国时期，曹操就已经用"望梅止渴"欺骗士兵了。

□ 挑战

实际的对手是你自己。表面上，一般概念上，面对的是别人，是外界事物，但那也是你自己设立的。如果你不发出，你不接受，挑战何在？

□ 跳舞

用音乐、灯光、装饰调和的性骚扰。

□ 铁路

永远不应走到一起的平行线。

□ 停战

如果说一场战役,总是要停止的;如果说战争,则从未停止过。

□ 通心面

为了节约面粉的空心面条,好煮,也好消化,是意大利对中国面条的改良。

□ 通行证

美貌、金钱、官衔、关系……

□ 同事

窝里斗的成员。出去是同志,回来是同吃。出去抢食,奋勇争先;回来抢食,吵闹翻天。

□ 同性恋

五十年前医学教科书将其定为变态人格,现在如若有谁如是说,则他成了人格变态。

男男女女,女女男男;卿卿我我,亲亲爱爱。我行我素,任人评说。

总有窃窃者,总有睨睨者。

时代变了,人情变了,人性变了。

也许都没有变,只是可以堂而皇之。

□ 同样

在运动着的事物里,"同样"这个词其实是不存在的。因为没有同样。

赫拉克利特说:我们不能进入同一条河流里。

莱布尼茨说:没有完全一样的两片树叶。

托尔斯泰说:幸福的家庭,都是一样的;不幸的家庭,各有各的不幸。同样的病,一个人一个样。

□ 同意

请鼓掌通过。

□ 童言无忌

小时候,那也是六十来年前,听到的段子,虽然不是什么经典故事,但若不记录下来,恐怕也会失传,那也可惜。

讲的是小孙子和奶奶的事儿:

小孩子四五岁,奶奶七十岁上下,奶奶带孙子,亲爱无比。一日来客,设宴款待。席间,奶奶不经意有气矢出(可能是消化不好,未能控制),不雅,乃轻轻拍孙子屁股说:"这孩子,也不讲究个场合。"孙子也不甚清楚，没什么反应，算是默认了。少顷，奶奶又有连珠炮一串，甚为难堪，遂又打孙子屁股，啧啧曰："这孩子太不像话！"也许是打得重了，孩子醒悟，连忙申辩："不是我放的，是你自己放的，还骂人、打人！"竟委屈抽泣。

　　数月后，又有贵客至，不能怠慢。祖孙有合计在先，奶奶说："宝宝，奶奶肚子不好，如有声音出来，就说是你放的，别不承认了。行不？"孙子懂事，爽快答应："行！您得给我买好吃的。""行，真乖。"吃饭时，奶奶确实不能自禁，矢气不断。均称孙子不礼貌，孩子认了，众人莞笑，也不在意。也许是奶奶肠道平顺，消停安静。孙子忍耐不住，便对奶奶说："奶奶，您要是没屁放了，我就不待在这儿了，出去玩，行吗？"

□ 痛

　　①常见的痛是病痛、伤痛，可缓解、可治愈；而头痛、心痛则难诊断、难消除。不欲生，能致命。

　　②痒甚！

□ 痛楚

　　疼痛只是肉体的感觉，痛苦就有了味道，而痛楚则达到了心灵深处。

□ 头发

　　西医认为它是头上的体毛，中医则谓之为"血之余"

也。其实，它是人体中最不起眼的东西，甚至可有可无。

但它竟秋毫不可犯，干系甚大。或可牵一发而动全身！

它可是"精神"。君不见，伍子胥一夜之间愁白了头，甚至"白发三千丈"（李白）——有多深的哀怨！也能"怒发冲冠"（岳飞）——有多大的火气！

它可是男人的"华盖"。如若掉毛脱发（科学家说每日丢的50根），或斑秃、半秃，直至全秃，若发生在青少年，真够令人汗颜不安——肚子里缺点什么也比头上少几根毛要好。尽管有各种神乎其神的丸散膏丹，奇液圣水，秃子还是见多不见少。

它可是女人的"头饰"。可"刘海"，可披肩，可瀑垂至膝下，可挽髻于高云，可单链如马尾，可多足似蜈蚣。直的想弄出弯，弯的要拉成直。黑的要染成黄，黄的要搞成黑，或者红橙黄绿青蓝紫一股脑折腾，如变色龙、万花筒、喷烟火、挂彩虹。不怕铅毒，不惧火烫，愿意染、愿意蒸，头发无感觉，头皮知冷热，只是心里好孬不顾。

科学还是昌盛了，一叶知天下秋，一发查全身事：微量元素含量，遗传鉴定，同位素扫描推断年代……不可小看这片毳毛。

说到底，还是没毛最好，男女老少皆成和尚头，显示头部原形，无需遮盖，一律公平。节约金钱，节约能源，节约时间。不以头发论美丑，不以头发量贫富，不以头发辨洋中，不以头发分男女。全球秃，全人类秃。全无敌！

□ **骰子**

赌徒的视力表。

□ **土里土气的**

说这话的人,忘掉了自己脚踏着土地,忘掉了自己将归宿于土地。

□ **推**

推(push)与拉(pull)是门上常用的两个字,恰如钱币的两个面,可是两者又大有区别,钱币两面价值相同,只用作抓阄打赌;而门的两面,则要选对,否则,进不去也出不来。因此,不必计较钱的两面,却要留意门的两面。

□ **推荐**

吹捧、粉饰地介绍。接受者心知肚明,因为他也如此这般把人介绍出去。

□ **推敲**

推敲愈细,迷茫愈甚。

W

□ **外国语**

不只是方言，和鸟语、马语一样，较复杂一些而已。只要你融入其中，就不是什么了不起的难题。

□ **玩笑**

富豪与权贵们，对此不屑一顾；贫困与低下者，对此奢求难得；唯中间老百姓可由此聊以自慰。

□ **挽歌**

和丧钟等同意味的诗篇。丧钟令人悲哀，挽歌引发幽情。丧钟悲哀短暂，挽歌幽情长远。

□ **晚点**

飞机晚点,即使只有一个理由,也让你毫无办法,不能忍受也得忍受,没脾气。

人要晚点,纵然有10个理由,也难以分辨,只有无奈。

□ **王子**

不愁找不到媳妇的人,即使是白痴或丑八怪。

□ **网**

①扑鱼、扑兽、扑活人;用绳、用索、用电波。有形、有影,无形影;鱼死、兽死、网儿破;人无、电无、网也无。

②交叉连线。用绳索编织的可以捕鱼、逮兽、捉奸拿双;由电子编织的可以邮信、传情、造谣杀人。

□ **维纳斯**

永远得不到的漂亮女人。

□ **伟大**

伟大是个很伟大的词,也是个很复杂的词,又是一个很纠结的词。

莎士比亚说:"有人生来伟大,有人变得伟大,有人的伟大是强加的。"

也可以说,有的伟大是公认的,有的伟大是自封的,有的伟大是有的人奉送的……

鲁迅却说:"我不是胆小的人,但'伟大'二字令我害怕。"

□ 伪君子

骨子里很坏,但对好也略知一二,而就用这一二裁做衣服穿的家伙。

□ 尾巴

它不是必须进化而消退的东西,它有许多功能,至少可以从后面掩盖私处。

□ 未来

①诚如孕育。有时,我们知道会有子女,跟我们很相像;有时,我们不知道他们是否与我们相像,或许很不一样;有时,我们根本不知道,能否有子女。占卜、预测、猜度、打赌等都只是一些兴趣和游戏。

②人们通常用现状,或过去与现状判断,或推测未来,其实是很不靠谱的。

所以,不要以自己的现状,判断你的未来。

□ 位置

①位置很重要,千万要找准,一定不能搞错。

错位,一切皆错。

越位与失职同样糟糕。

脱岗是不允许的。

坚守岗位与死守阵地一样值得赞扬。

换位思考，只是思考，不可随意换位。

时时检讨自己的站位。

②《妇科手术笔记》中，有一节是"妇产科手术的病人体位"，也说，体位关乎手术方便，也关乎病人舒适，选择和调整好体位是不可忽视的。

而且还引申而言：世间的许多麻烦是因为位置没有搞对。

□ 胃

粉碎机、绞肉机、搅拌机、制浆机……

□ 温泉

从地下引出的热水，与地上加热的水（或加点别的东西）。都放到大池里，很难区别。

所以温泉浴很盛行，温泉宾馆很普遍。

□ 温顺

没有反抗能力，或者不想反抗。通常以前者为本质，后者为表象。

□ 文化危机

文化危机的根本是语言文字危机，这只是比常识多一点的见识。

□ 文身

在身体的皮肤上刻字、作画,工艺越加精细,色彩越发斑斓。

有名的文身是岳飞的母亲为其背上刻下"精忠报国"四字,乃为励志,使其不敢悖逆。亦有在罪犯面颊刻印记号,为之"黥",是墨刑,乃终生耻辱,无法逃匿。

于是在想,人出生后除按脚印外,在领出生证时,每个人的额上文上姓名,替代了身份证,一劳永逸、方便可靠。字体好些、色彩好些,也是一种面饰,岂不妙哉。

艺术家在人体上大显身手,追而古之,中国为"扎青",日本为"刺青",系根据头颈四肢、前腹后背,以其形态、面积,描刻出各种图案、画作。曾专门有电影展现,还有日本小说《刺青》(谷崎润一郎著),都令人叹为观止。但此法此作似有争议。

一些运动员在其臂膀文上图画、口号,也吸引球迷眼球。

又有称人体刺花与色情有关,包括在阴部的刺作图案。

欧洲有位艺术家以活猪的皮肤(刮净猪毛)为画板,创作另类美术,还办展览馆,访问过中国。听说遭到了动物保护组织的抗议。

□ 文雅

我们刚有温饱,他们(文雅者们)却要节食减肥;我们能做上衣服穿了,他们却尽量脱露;我们能娶上媳妇了，他们则闹离婚；我们也可以带纸巾如厕，他们则用它擦嘴了。

□ 蚊子与跳蚤

前者，无论是攻击前或攻击后都能提个醒儿；
后者，从来就是不宣而战的入侵者。

□ 吻

用口对异体的零距离接触，通常是口对口，也可以对身体的任何部位，可以是干（净）的，也可以是湿（潺）的（干吻是礼节，湿吻是发情）；可以是局部表面的，也可以是深入全身的。于是，吻是复杂性的灵与肉的接触。

□ 问题

有报道：激烈的战斗持续了三个多小时，双方均无伤亡。

□ 窝边草

来之于俗话：兔子不吃窝边草。

后来演化了不少别的意思，譬如，不要"就近"偷情之类。

就原始与本意而言，兔子又为何如此想，如何做呢？有三种解释：

一、窝边草有"备荒"之用，暂不能消费。

二、外边或远处有可寻觅之处,可得到之物。

三、还有能力到较远的地方去。

须问:你又不是兔子,兔子怎么想,你怎么知晓?

这是你呀,作为人(尚不知什么样的人)的想法。

□ 握手

把病菌传给别人的一种方式。

□ 无

无是没有,无是零。

但无不一定小,不一定少,可以无限大,无限多。如果加了"无",其量、其质则会发生巨大变化。

万寿无疆、关爱无限、大象无形、大雪无垠、大爱无痕、无量大人,南无阿弥陀佛……

注意无,别无视无。

巨有则无,无则巨有。

□ 无辜

事出有因,查无实据。折腾累了,扔掉算了。

□ 无赖

三四十岁的人做三四岁孩子的事。

□ 无奈

又文雅、又矜持的说法,乃推杜(甫)老夫子语:

细推物理须行乐，何以浮名绊此生。

□ 妩媚

妖魔鬼怪、蛇虫猛兽是可怕的，但若化成美女后，人们就不再想她的可怕，像《聊斋》里的狐狸精，白蛇对于许仙。

□ 武战文谏

通常都没有好结果。

□ 舞弊

"道高一尺，魔高一丈"。对付考试的一种方法，也是为了考得好一些，和用功学习异曲同工。其胆量和技巧就不是一般人都具备的了。

□ 误解

一对企鹅在追逐、趴匍、厮打，那分明是求爱、做爱。你却认为是一个欺负另一个，将上面那个踢开，拆散它们。

□ 悟

幸得浮生十日闲，悟出世间多攻讦。
小人偷摸奸作恶，寻己更比求佛难。
（小恙时偶得）

□ 雾

最好的比喻是轻纱,反之,将轻纱比作云雾亦然。使人想起结婚典礼上新娘的披纱、尼亚加拉瀑布的水雾。使人想起那首著名的爱情诗:

初恋是雾,
你叫我心醉,
隔着轻纱看你,
你是雾里的花卉。
我们结婚,
雾已消退,
揭开轻纱看你,
你是花卉里的玫瑰。

X

□ X光

用看不见的光,照出看不见的东西。

□ 西红柿

毒果变成美食的典型。

□ 吸毒者

人的脑子里藏着一种专嗜鸦片的"虫",每个人都有,它又很容易被诱发。一旦诱"虫"出洞,就会变得极为疯狂,使人难以招架。

□ 习惯

见面谈"你好",分别说"再见",闭着眼睛走回家,一进门就喊:"吃饭吧!"

□ 洗澡

不是用水洗涤污秽,而是冲去伪装。

□ 喜欢

①不够爱的资格、程度和条件等,只能如此,有些无奈。

②喜欢上一个物,相对容易。

喜欢上一个人,相当困难。特别是多数人,或全体人都喜欢,就极为困难。不仅是一个艺术家,甚至一个伟人、一个领袖,都不可能让所有人都喜欢。(后面这句好像是莫言说的)

□ 瞎子

真正的瞎子,其他的感官都是相当聪敏的。就怕那些什么感官都不太好用的假瞎子。

□ 峡谷

出险情,出景色之处;出威逼,出动力之处;出绝路,出新天之处;出妖兽,出英雄之处。

□ 下跪

为了更高、更直地站立。

□ 下流话

没有"过滤"和没有加"清洁剂"的下流语。

□ 闲趣

或夏日午后，细雨霏霏；或严冬腊月，大雪纷飞。一张桌、一把椅、一杯茶、一部书；静下来，读过去，忘乎所以；似乎没有什么目的，只是享受安静读书的乐趣。

恬淡带来平和，一纸任你飞行，

信手随便拾来，无心乃成华章。

盖出于闲趣。

□ 嫌疑

平常说怀疑，可谓司法之涉嫌、嫌疑犯，或医学中称可疑、疑似。均系未确定之可疑事件、可疑征候、可疑人物。

如果都参考医学名词之概念，就科学得多，即灵敏性、特异性，即检测或检验是非（阴性、阳性）的灵敏程度及可靠程度。

还有两个有意义的名称：阳性预测值和阴性预测值，即预测其"是"与"非"的准确性。预测值越高，意义越大，如阴性预测值达99%，就说明基本可以否定之；

而阳性预测值达99%，则说明基本可以肯定。

如是，我们对嫌疑犯若有这样的概率分析，则基本可以做到"不放过一个坏人，不冤枉一个好人"。

这一切建立在充分、确凿证据的基础上，但其中的方法学亦至关重要。所以文理相通矣，搞法律的要琢磨琢磨医学，搞医学的不必去胡思乱想法律，除非法医专家。

□ 现代婚礼

演出。

□ 馅饼

只能欺骗视觉、味觉，不能瞒过胃肠的包装。

□ 献媚者

总是有人喜欢，所以他们存在；总是有人厌恶，所以并非所有人都是。

□ 乡愁

思念的通常不是那个地方，贫穷或者富裕，美丽或者衰败；而是那里的人，活着的，甚至是死去的。

□ 香

用火花、用烟雾、用气味把祈念、祝福、寄托传奉给神、佛、逝者以及心目中的崇拜者。

□ 香水

调戏嗅觉的妓女。

□ 香烟

①和鸦片只有"两字"之差，就是"理性"：鸦片使人丧失理性，哪怕用得很少；香烟使人保持理性，哪怕用得很多。

②所有的烟民追求的都是烟，而不是香。

□ 想

我们很少想，自己拥有了什么；却常常想，自己还缺少什么。

想，实际上是想少的，想要的……

□ 想象力

想象是每个人都有的、都会的，与生俱来，关键在于力。想象力则可有天壤之别，力是智慧，多数人力度有限。

爱因斯坦说，想象力比知识更重要。

想象力是智慧，似可培养，但也难。而知识是后来学习的，是每个人经过努力都可以达到的。

所以，想象力不是每个人都有的，也是不能想象的。都可以很努力、很用功，却只有少数人才能成为科学家、作家和诗人。

□ 项链

用珍珠、金银装饰的套在脖子上的枷锁，通常是约束女人。

□ 象征

心形代表爱情，红色代表革命（也有红灯区），黄色代表皇权尊贵（也有色情意味）……为什么要有象征和代表——它们总是不完善的、缺腿的。

□ 消化

①据说，一个人一生要吃掉2把铁勺，50头猪，还有……

②绞肉机、粉碎机、榨汁机、渗滤器、筛除器，直通马桶。

□ 消息

将坏消息温和地告诉不幸者；

将好消息俏皮地告诉幸运者。

□ 小径

幽会者愿意走的路，通常不是捷径，虽然有些浪漫，但却潜伏危险。不要走这样的路！

□ 小人与大人

总想把别人弄成和自己一样小的人与总把别人看成

和自己一样大的人。

□ 小说

扰乱读者感情、心绪、观念、行为的文字扑克。有时只是重新洗一把牌就变成了一部新著。

□ 孝顺

像对待你们的孩子一样对待你们的老人。据说这是圣人讲的。

□ 笑

感情的发酵。可以有面部的表情，也可以没有任何表情，所谓"偷着乐"。面部表情也是相当复杂的：开怀大笑，忍俊不禁，甜蜜的笑，痛苦的笑，友善的笑，可恶的笑，坦诚的笑，诡谲的笑，捧腹喷饭，无聊无奈，自然的，强作的……笑可以写一本书。

□ 笑与哭

出生时，你身边的每个人都在笑，只有你在哭；
死去时，你身边的每个人都在哭，只有你在笑。

□ 效率

最能准确表达这一概念的是中国成语"事半功倍"及"事倍功半"。

□ 歇斯底里

　　发作者可以是文静淑女、温柔母亲、慈祥老妪，她们绝不承认有"hysteria"(歇斯底里)，只承认有"hystera"(子宫)。

□ 斜视

　　一般不是眼疾，而是"心疾"。

□ 谐音

　　这是手机发过来的，不知谁是原创，借来一用算是群发了：

　　欲望——渔网，老公——劳工，

　　晚上——玩赏，云雨——孕育，

　　升职——升值，誓言——失言，

　　同居——痛聚，男人——难人，

　　理想——离乡，缘分——怨愤，

　　失去——拾取，清醒——庆幸……

　　（欢迎补充）

　　惊人的发现，谐音汉字有玄机！

□ 写书

　　什么人都可以写书了，不管什么人写，书好就行。

　　什么人都可以出书了，不管是出版社付梓的，或者自己花钱印的，书好就行。后者还通常是赠阅呢，岂不省了钱。

□ **亵渎**

　　老师责骂学生叫教育；学生责骂老师叫亵渎。

□ **谢谢**

　　欧美人另一个开口即是的声音，也未必真的表示致谢。国人对这两个字可要金贵得多，要发自内心，要脱帽施礼，要合掌作揖，要下跪叩头。相比之下，欧美人的感谢要廉价得多，容易出售。

□ **心烦**

　　总难免。记住三句话、十个字即可：算了吧，没关系，会过去的。

□ **新娘**

　　开始为自己的位置而困惑的人。

□ **信**

　　我们信仰、信赖、信奉、信任，而成为信徒。
　　就怕什么都信，更怕什么都不信。

□ **信口开河**

　　过了头的坦率。

□ **信仰**

　　自己捏成的泥像，自己顶礼膜拜。

□ 星期一

被吃喝玩乐搞累后正常活动的第一天。

□ 行路

有的路是只能一个人走的,有的路则必须结伴同行。

□ 形象

人们注重形象、关心外表:伟岸或者矮小、俊俏或者丑陋……简言之,好看或者难看。无论对人类自己,抑或对动物花木,可是以此评价既不公允,也不妥当。

很多吉祥物都称不上漂亮,龙、麒麟、貔貅,我们都没见过,乃出于想象与虚构。而龟、蛇、蛙之类,实实在在,并不可爱,但千古以来,竟被推崇如神。乖巧谄媚的猫儿、狗儿之类,也终归是走狗、懒赖的东西。

所以,不仅不该以貌取人,也不该以象取物。

□ 幸福

①最急需的时候,最想得到的、办到的,完成了。大至金榜题名、洞房花烛;小至内急排空、雪中送炭……

②自我安然、自我欺骗的感觉。

□ 性

浊者以为淫,清者以为圣。
浊者以为愚,清者以为智。

□ 性格

持续的习惯，也许是基因携带的，很难改变。

□ 性情中人

心中有浓得化不了的情，有紧得解不开的结，有聚得消不完的能。于是，他（她）们不停地爱，无休地怨，难以歇止地寻觅。

□ 性挑逗

性欲检测试验，根据反应，结果可能是（+）（++）（+++），流行的方法是色情电影（X）（XX）（XXX），便于判断。

□ 熊掌

和鱼翅、燕窝并列的中国传统三大美食，无与伦比的补品，于是趋之若鹜，于是假赝叠生。用其烹饪菜肴的基本点有二：一是其最后的成品都是黏糊糊的胶冻状态，那意思就是不宣自明了；二是它们本身无滋无味，全靠汤料调制，所以品尝的主要是汤料。

别影响了食客们的兴致和餐馆的生意，去喝点鲜美的鸡汤也不错嘛！

□ 修行

关于修行有很多理解和解释，关于爱有更多的理解和解释。

但如若将爱理解为一场修行，或者将修行认作一种爱，岂不更好！

□ **修养**

修身、养性、齐天下。自我修养用不着宣教，写成书文的则通常是让人家驯化、服从。

□ **虚荣**

涂在脸上的化妆品，自己感觉好，别人看着好。但彼此都知道那是化妆品。

□ **虚伪**

这如同衣服，每个人都要穿的。而100%的坦诚，又如同裸体，人们会认为你不正常。

□ **絮叨**

老年人的口腔肌肉锻炼活动。

□ **选票**

超级扑克牌。

□ **选择**

每时、每刻、每分、每秒的思想和行为。从生到死，都在选择，又都无从选择。

很难说对或全对，也很难说错或全错。据估计：人的一生，80%实现了自己的选择为大成功；70%实现了自己的选择为中成功；60%实现了自己的选择为小成功。多数人是打个平手（50%）。80%以上及40%以下均为少数，前者是绝顶幸运儿，后者是十足倒霉蛋。

□ 学雷锋

　　学雷锋，学精神，莫论形式。

　　20世纪60年代，在大学，学雷锋，大家在外面装模作样，回到宿舍，则有人高叫：那位雷锋，给咱打盆洗脚水来……

　　开小组会，报告学习雷锋做了什么好事。一位同学说，今天吃早餐，我买卤鸡蛋，挑了一个最小的，大一些的留给其他同学。会后，另一同学凑近，调皮地说："你下次不必挑了，给我买一个算了，岂不更学雷锋。"

□ 学术

　　弄不好的话，在实验室里是学术，在讲坛上是骗术，在社会上是权术。于是学子成了骗子、混子。

□ 学术腐败

　　①75%的酒精是可以消毒杀菌的，如果兑上水或者其他不干净的液体，不仅不能消毒杀菌，还会滋生病菌。

　　②毫不奇怪，这个世界上，凡是有人的地方，大概不会有净土。

□ 学位

　　学位与文凭和帽子有关，和学问有点关系，和本事无关。

　　姑且不谈帽子怎么做的，怎么戴的，怎么扔的。

□ 学问

　　把听得懂的话，往听不懂里说；

　　把简单的道理，往复杂里说。

□ 雪

　　小时候（六七十年前），下雪了。会想，这雪要是面该有多好！这雪要是糖该有多好！这雪要是盐该有多好！

　　现今，下雪了。会想，这雪要是没有尘该有多好！这雪要是没有砂该有多好！这雪要是没有酸该有多好……

□ 血

　　本身不含感情，却能调动感情的红酒。

□ 血统

　　先前论亲戚、家谱；现今查血型、基因。

□ 勋章

　　①颁发勋章者总是笑容可掬，接受勋章者则是心里

难过。出席颁授仪式者，会出现各种表情，内存各种心绪。

②用血、汗、生命或者劳苦、羞辱、折磨，或其他任何代价所挣来的带别针的硬币。

□ **殉情**

为情而死。

据称，某些鸟兽会因丧失伴侣而忧郁而死，或采取什么方式而亡，无论雌雄均可为之献身。成为向人类昭示的伟大爱情，谱写悲壮的坚贞故事。

据说，人也有如此佳话，但很少。

于是，有两点值得讨论：①人不如鸟兽，不及它们的坚贞不二、生死从一。人卑琐也。②鸟兽不如人，不及人类的感情丰富、理性顺便。鸟兽低级也。

讨论无结果，质疑：①人怎样与鸟兽比？人怎样如禽兽？人怎样不如禽兽！②人不是鸟兽，怎么能知道它们怎么想的，为何做的，怎么能知道它们想成为人类的楷模！

Y

□ **牙签**

　　酒足饭饱后的消遣勾当。

□ **牙医**

　　一群农民,他们把牙齿当成庄稼,或种或栽,或拔或割。双季稻(上下双排)比单季稻产量高。

□ **亚当与夏娃**

　　异性恋的肇始。

□ **烟灰缸**

　　装盛无聊粉末的器皿。

□ 阎王殿

死亡登记处。

□ 眼睑

俗称眼皮，眼之帘幕也。上下合闭启张，为之瞬目。

现今时髦讲文化，也有"眼皮文化"。有两个问题可阐述之：

其一，眼皮是人类进化的一种标志，双眼皮大眼睛被认为漂亮，其实，牛、马、羊，甚至鱼、鸟均为大眼睛双眼皮，原始之表象也，为何追求之？还是中国的柳叶眉、丹凤眼为美、为媚，为进化之高端。

其二，做双眼皮已是美容整形之流行，此乃审美标准所定。一般洋人认为东方人以小眼单皮为特征（因为他们几乎全停留在大眼睛双眼皮阶段），东方人应保留这一先进优良之遗传。从遗传的原理而论，整形后并不改变遗传，故是权宜短视之举。不过，下眼袋还是有碍观瞻，可以收拾一下。

□ 眼见

眼见不一定为实。主观性与客观性、全面性与片面性……都可能使之失真。

有人看见他所相信的，

有人相信他所看到的。

□ 眼睛

越是"非礼勿视"的，越是有的人想要看一看；越是"儿童不宜"的，越是有孩子想要试一试。

□ 眼镜

眼镜已经从矫正视力演变为多功能工具：
避光、避丑、避心态；
显酷、显牛、显气魄。
金框、银框、不要框；
M片、N片、无需片……
最好的眼镜是眼睛。

□ 眼泪

①眼泪通常是非控制性的,世上最怕能控制的眼泪。
②情感的排泄物，无论喜怒抑或悲痛哀乐都一样。
③鳄鱼的、人类的，大都一样。
喜怒哀乐为情动，以泪水动人。
鳄鱼的唾液腺和泪腺是否相关？所谓"鳄鱼的眼泪是吃人的预兆"。

□ 演讲术

表演术＋口技＋哗众取宠术＋骗人术＋图财害命（鲁迅说："空耗别人的时间，无异于图财害命。"）

□ **演员**

戴上面具，换上行头，忘掉自己。出自斯坦尼斯拉夫斯基的理论。

□ **厌恶**

记住，从来没有与生俱在的厌恶。或者遭遇一次不幸，或者欣赏、享受一次或多次幸运之后的感觉变异。厌恶的东西，不一定是坏东西；厌恶的人，不一定是坏人。因为厌恶只是一种感觉、一种感情。

□ **宴会**

大肆吃钱。

□ **谚语**

在嘴里嚼来咬去总是不吐出来的胶母糖，它会被搞得圆滑如球，或者完全没有了味道，还在那里磨牙。

□ **赝品**

①在拷贝（copy）和克隆（clone）盛行的今天，我们已经不知道什么是真品（original）了。

②对稀有物、昂贵物、畅销货和难以得到的东西的补充、替代及给予方便索取的创造。是对独裁与垄断的反抗。

□ 阳具

男性外生殖器官，有诸多俗称，都不雅。学名叫阴茎，也难听。懂英文，说个"派你思"，似乎有点意思，可是这每个男人都有的玩意儿，弄个外来语也不好。

古旧小说以"那话儿"的叫法挺不错。

□ 洋葱

层层包裹自己的典型，类似的有甘蓝（洋白菜、大头菜）、百合、大白菜……是为了保护自己，不至于过分张扬而遭到损害。好在它们都表里如一，越里面越纯洁一些。

□ 养生

现在出版及流行的营养书，当然是有益的，但与长寿尚难建立必然联系。也有介绍某某名人之长寿"秘诀"，某某长寿村之"调查"，但如法炮制，也未必达到理想目的。

有一小儿科名医，每日中午必吃二两猪头肉、喝二两老白干，年九十余而精神矍铄。有一功勋科学家，记者采访问询长寿之道，答曰："抽烟、喝酒、不锻炼，仅此三条。"

当然，此二老之说，似乎不太健康，也不足为训。养成良好的生活习惯毕竟是有益的，但却不必以为如此这般便可永葆健康，长命百岁。

□ 痒

①一种特殊、怪异的感觉：不仅在皮肤表面，也可以在心里、脑子里。并不痛，只是难过得不知所措。不会喊叫，但会皱眉、不安、呻吟，有时还会笑。不好治，药物通常无效，主要靠忍耐。

②一种奇特的感觉：不是疼痛，不是烧灼，不是……似刺、似蜇、似热、似骚……可以在皮肤表面，也可以在身体内部，甚至可以在心里。皮肤科医生把它作为一种皮肤病症状研究得也不够，而精神心理方面的研究几乎是空白。

□ 样品

物美价廉的"托"品。

□ 邀请

礼貌客气地强迫。值得得意和炫耀的不是接受邀请，而是拒绝邀请。

□ 谣言

长舌飞舞，利剑伤人；耳软膜薄，直刺脑海。

□ 野草

大地的亲生子女，它们依恋母亲、保护母亲，紧紧地、密密地……

□ 野花

家花鄙夷野花：放荡不守规矩，杂乱没有秩序，乖巧有失庄重，朴实似嫌土气。

野花笑对家花：艳丽有些失真，矫揉乃出造作，雍容并不大方，华贵是为取宠。

有道是，不求人夸颜色好，只愿清气满乾坤。

又说是，取悦卖笑生就是，胭红脂香在一时。

□ 野心

癞蛤蟆想吃天鹅肉。

□ 一丝不苟的

和一丝不挂的有密切关系：那一丝也不要，为"不挂"；那一丝也要，为"不苟"。

我的一位年轻同事扬言："要一丝不挂地生活，一丝不苟地工作。"

□ 一致

如果众多的人都表示完全一致的想法，那么肯定其中有人没有想法。

□ 医生

①医生自己说（坦率地）："一些病是不需要治的；一些病是治不好的；只有某些病是可治或可治好的。因此，我们只是有时是治病（sometimes to cure）；

常常则是帮助（often to help）；却总是安慰（always to console）。医学不总是治病，而是促进健康，预防疾病。"

②病人说医生（真诚地）："医学是很神圣的，医生也是令人尊敬的。但是现今，能发表论文的医生，号称专家教授的，越来越多；而真正能会看病的，把病看好的医生，越来越少！"

③社会流行说法（不稳定地）："一会儿是天使、英雄、最可爱的人；一会儿是白狼、狗熊、该挨揍的人。"

④病人又抱怨："一半为阎王送黑墨水，一半为阎王送红墨水的一群小鬼。"

⑤医生又委屈："我们是上帝的使者，一方面我们是魔鬼的帮凶。"

□ 医心

医生对医学知识和医疗技术的掌握，在临床实践中，实际上是对病人另一个生命体的悉心体察和感情交流。如果没有同情、怜悯（这个词没有错）、关爱与救助的感情因素，那些知识和技术的价值几乎等于零！

□ 医学院老师

①解剖学教员。第一堂解剖课，为了让学生们不要惧怕尸体，他当众把从尸体上割下的一块肌肉纤维放在嘴里咀嚼起来。

同学们大惊，全都闭上眼睛，女同学甚至狂叫着跑出教室。

原来，老师只是把尸肉放到袖口里，嚼的是胶母糖。

②内科学基础教员。阶梯大教室，为了让学生们不怕脏，他左手拿着半瓶尿，右手中指和食指伸入瓶中，然后将手指放入口中尝试尿是酸性还是碱性。

同学们目瞪口呆，面面相觑。

原来，老师两个手指插入瓶中时，食指弯曲，并没接触尿液，回手舐尝的是食指，同学们都没有注意。

□ 医药广告

包治百病的药方，一滴血可以查出50种癌瘤，万能治疗仪，点金减肥术，永葆青春的秘籍，送子观音医院，起死回生诊所——如是，全人类万岁！

□ 医院

病人的十字路口，所以，通常用十字作标志。

□ 医者

①万分成功只是小善，
半点差误也酿大患。
②可能踌躇于公益和功利之间，
拷问良知和技术孰重孰轻？
是沉沦于物欲横流？
是救赎仁爱的诺亚方舟？
谓医者，并不独为医者。

□ 移民

①淘金诱惑，生活逼迫，冒险开发，异想天开。如此组成的零散勇夫，或远征大军，或辉煌异地，或困顿他乡……

②移民是人为的领地限制的结果，领地打破了，移民就成为多余。

③旧有"闯关东""跑单帮"，今有"打工仔""外来妹"。——都是移民。

移者，流也。移民，就是流动人口。流而不动，移而不走，成为长住。谁为原始，谁为土著，有时很难说，也许都是外来户。听说爱斯基摩人，是从我们这边过去的；日本人是不是徐福带去的，也不确定；郑和没有远见，只带货，不留人；华人开发了美国的西部，英人进驻了美国东部。可惜，英人享福，华人受苦。

镇边屯田及开发新域的士兵，上山下乡的知青，农垦兵团的民工都是移民。不要欺侮外来户，你若干年前、若干辈前也是外来户。

据说一群发配流浪者，来到一片荒漠异地，男女各搭帐篷而憩。夜间大风起，卷走一顶帐篷，于是只好男女混居一处，乃繁衍而始，终成永久居民。

五大洲、三大洋，地球是个大村庄。来来往往本正常，不必限制太多。到移民局、派出所，登个记就可以了。

我们好比种子，走到哪里，就要同哪里的人民结合起来，生根开花结果。

□ 艺术家

　　发烧、发冷、发狂、发呆、发情、发泄，于是狂呼乱叫，于是手舞足蹈，于是满地打滚，于是变成了艺术家。

□ 易经

　　万经之首。
　　易者数也。世事皆数。
　　善易者不占。

□ 易与难

　　最好的解释、最应牢记的只是四个字：知易行难。

□ 意向

　　让天性、个性无约束地发挥也不错，但不能违犯公德，或伤害他人。

□ 阴影

　　①有人对阳光的背后感兴趣，诚如不从前面看孔雀开屏，而愿意从后面看孔雀屁眼。
　　②有明有暗，有光有影。
　　但只要我们面对太阳，阴影永远留在我们身后。——海伦·凯勒

□ 音乐

经过改造的怪声。

□ 音乐会

①或者是声音的超市，或者是声音的垃圾库。
②一群疯子和一群傻子的联谊会。

□ 银币

"孔方"——富贵之门，监狱之窗。

□ 银行

储钱的仓库，卖钱的商店，骗钱的交易所。

□ 饮品

白水——最好。清纯自然，犹如人生追求。别污染，少佐料。保持它的清淡多么重要而困难！

茶与咖啡——东西方人之差异也在此。

但它们的香浓，都是需要等待的，梦想的生活也一样。

橙汁、西瓜汁、苹果汁……——皆为甜水、酸甜水，有多少原果汁和维生素C都很难说。

可口可乐——西洋大众黑水，配方保密，稀里糊涂喝。

□ 英雄

①真正的英雄,平时总是和常人一样的。所谓英雄的基础或背景,是在树碑时挖掘出来的。

②英雄通常是靠功勋、业绩奠定的,或者道德、名望,或者学识、创见……总之,是卓著者、超凡者——那也不一定,卓著者、超凡者多乎哉!也许你本来平常,对手却比你更稀松,"竖子成名"。所谓学问、修行是自己的事,而成功、胜利是与他人有关的事。况且,还有时势和运气。

其实,有的英雄很平常,有的英雄未成就,有的英雄竟是失败者……所谓"不以成败论英雄"——不成功、不胜利,英雄又何为?

□ 营养

营养的价值在于消化力。

□ 硬座与软卧

一个是用屁股接受列车的颠簸,一个是用脑袋感觉车轮与铁轨的摩擦。

□ 庸医

广告做得最大,电视上镜最多,收费最高的医疗商人。

□ 臃肿

不仅是身体,还有精神。

□ **永恒**

宇宙无永恒，任何永恒都是相对的。

□ **勇敢**

和冒险仅差1毫米。

□ **用避孕套**

穿上雨衣淋浴。

□ **用人**

领导者的责任：一为决策二为用人。（领袖说，路线确定之后，干部就是决定因素。）

投机者的伎俩：贿赂、施小恩惠、拉打哄骗、任人唯亲……（常言，用人朝前，不用人朝后。）

看司马公《史记》之刘邦：

夫运筹帷幄之中，决胜千里之外，吾不如子房（张良）。镇国家，抚百姓，给馈饷，不绝粮道，吾不如萧何。连百万之众，战必胜，攻必取，吾不如韩信。此三者，皆人杰也，吾能用之，此吾所以取天下者也。项羽有一范增而不能用，此其所以为我擒也。

□ **优点**

不加掩饰的天真。

□ 犹豫

　　褒义：小心谨慎、深思熟虑、三思而后行……
　　贬义：优柔寡断、瞻前顾后、举棋不定……

□ 友善与不友善

　　友善就是对人好，乃出自内心愿望、内心感受。
　　对人要好，但不能、不必期望人家对你也要好；怎样对人，不代表人家如此对你。
　　不友善就是别人对你，或者你对别人不好。
　　对你不好的人，不要太介意。因为，没有谁有义务必须对你好，除非父母、儿女。（记得香港梁文道先生说过类似的话。）

□ 友谊

　　毛主席说："世上没有无缘无故的爱，也没有无缘无故的恨。"

□ 有色眼镜

　　一方面遮挡外界，一方面掩藏内里，所以和半个面具差不多。可以戴它行善举，也可以戴它做坏事；可以暗送秋波，也可以从边隙窥视。

□ 幼稚

　　无知和愚蠢的爱称。

□ 诱饵

　　从蚯蚓到美女都可以做诱饵。从动物到人，各种各样的人，所有的人都难逃诱饵之惑。但是贪婪诱饵让你所失去的远比得到的多，甚至可以丧失生命和国家。

□ 诱惑

　　欲之饵，又以饵欲之，乃为之诱，为之惑。故无欲无饵，则无诱无惑。

□ 瑜伽

　　一种旨在与神统一的训练：身体的、精神的，可以认为是一种修行。

□ 愚昧与智慧

　　一般来说，人的本性里愚昧多于智慧。这是培根说的。信不信由你。

□ 愚人节

　　撒谎者的生日。

□ 玉兰

　　昨天，窗前的玉兰已经绽出白蕾；今天，满树银装，惊喜地以为花儿盛开。

□ 浴池

不需要等级和遮掩羞耻的地方。当然，也有普通与雅座（VIP）。

□ 预言

预知或占卜未来。如果一句有半句，甚至十次有半次应验，就可以誉为天才预言家。

□ 欲

曾国藩对欲之见地尤佳，曾作联（1862年），曰：心欲小志欲大，智欲圆行欲方，能欲多事欲鲜。

下面是哲学家奇德尔的一句名言，翻译或诠释略有不同，但基本思想是欲也。

人生的两大悲剧或纠结是，要么随心所欲，要么不能随心所欲或事与欲违。

□ 欲念

忍得住的想法。如若这想法忍不住，要么是创造，要么是犯罪。

□ 原谅

准备再犯错的托词。

□ 原配

"老婆是人家的好，孩子是自己的好"，所以原配越来越少。在"父母之命，媒妁之言"的时代，原配还持续的时间长一些，而当"自由恋爱"之后，原配的持续就开始短了。"性革命""开放婚姻"（open marriage）就可使原配顷刻瓦解。

□ **原始人**

我们的祖宗。现代人越来越背叛祖宗，那些最像、最接近祖宗的人被称为傻子。

□ **原则**

铁轨、航线、程序、规矩，一般不应破坏和违背。否则要付出代价，有时甚至是惨重的。

□ **原则与方法**

方法可以有很多种，技巧也可以多样，途径也会有几条，但原则只能有几点，方向只有一个。

所谓"条条道路通罗马"。

□ **缘**

天命注定，机遇不期。

世事斯人皆缘！无论爱恨成败，下辈子（姑且不论有无）都不会再现。

□ **缘分**

Yes：不期而遇，天地作美，逢山见路，遭水有舟，无约能聚,言语投机,心想事成,百年好合。

No:对面不识,失之交臂,启程晚点,抵达延误,电话不通,登门碰锁,神佛不助,劳而无功。

□ 源

道源于静逸。
德源于谦和。
善源于感恩。
福源于淡泊。
寿源于健康。
乐源于平实。
喜源于无欲。

□ 远与近

有的人离富足很远,离幸福很近;
有的人离富足很近,离幸福很远。

□ 约会

性前戏(foreplay)。

□ 月经

子宫对每月所企望的,但又未能达成受孕而流下的失望的血泪。

□ 月牙儿

为了圆满、充盈而难过地弯腰按腹。

□ 允许

如果上帝不存在,那么一切都是可以允许的。——陀思妥耶夫斯基

□ 运动

有两种动法:一是身体的,二是思想的。体育运动可以锻炼身体,提高对疾病的免疫能力;思想运动可以搅动脑筋,提高对政治的应变反应。

□ 运动员

非常人、非健康者的体育活动者,竞技却是推动力。

□ 运气

没有遭遇过倒霉,就体会不到运气。

Z

□ 杂种

①一方面，对人的生殖方式进行伦理或法律限制；另一方面，则对动植物捉弄般地扩大这种方式。

②过去骂人语，今日高科技。

□ 赞美

说（写）好听的。是动手干掉你之前的催眠曲、蒙汗药。

□ 葬礼

欢送去天国的人的庆典。本不该悲哀的，顶好是化悲痛为力量。

□ 早晨

可以是幸运开始，也可以是倒霉临头；可以是新的劳苦，也可以是安逸的继续……一切在于醒来时的感觉和心情。

□ 噪音

现代文明社会生产的次品声音。人们企盼和寻找没有污染的声音环境和美好动人的天籁。

□ 责难与赞美

有一些责难其实是赞美，有一些赞美其实是责难。说的人为何不直说？听的人是否会明白？

□ 债权

能使自己有勇气呵斥鞭挞并能大义灭亲的酒。

□ 占卜

乞求神的启示、庇护和帮助的各种方式。虽然多数并不灵验，但人们却不在乎。而不料中的，则会被尽情扩大，于是占卜延绵不绝。

□ 占有

①占有就是得到、要求、欲望、目标。人们都在企望和达到占有，或者想占有得越多越好。而一个简单的反馈道理是：你占有了他们（人或者物），他们也占有

了你、占有了你的时间、空间、精神、身体甚至生命。到底谁占有了？占有的意义何在？

②我们总想占有这个、占有那个，其实当你占有它（他）们的时候，它（他）们也便占有了你。试想，你占有了汽车，汽车就剥夺了你的双腿；你占有了电视机，电视机则固定了你晚上的视野；你占有了美人、帅哥，美人、帅哥也限制了你的自由……你占有越多，你便失去的越多。你还想占有什么呢？

③你占有的越少，你就被占有的越少。——尼采

□ 掌声

对讲话或演出的条件反射或习惯动作。

□ 丈母娘

女婿通过丈母娘看到了未来妻子的模样，多少会有一种难耐的伤感。

□ 招待员

外国人叫侍者，几百年不变。中国语言丰富，且变化多端：跑堂的、伙计、店小二、仆人、服务员、勤务员、小姐、三陪、同志、阶级兄弟、革命姐妹……

□ 照片

留影、摄片、扫描、录像等都属此类，是缅怀纪念，验明正身，影像艺术；也可以是通缉海报，斜睨偷窥，

犯罪的证据。

□ 照相

可以固定图像的镜子。

□ 遮羞

遮羞通常是挑逗,而暴露往往大方。小儿裸体看似幼稚,却天真可爱。

□ 哲学

只说不做的学问:亚里士多德的逍遥,柏拉图的爱情,庄周的梦蝶,"竹林七贤"的清谈——信马由缰出走,遇到车辙不通的地方便痛哭而返。

□ 哲学家

①专门说怪话的专家。
②患有精神分裂症的非病人。

□ 哲学和哲学家

古今中外,出现了多少伟大的哲学家!哲学家是被敬奉为圣贤的。几千年来,出现了多少骇世警人的哲学理论和哲学巨著,有的哲学论著可以视为人类思想的圣经。
到现在仍然有大学哲学系。
又有多少人能清晰明白地回答什么是哲学呢?

哲学，有唯心的，唯物的；有无产阶级的，资产阶级的；还有很多学说、主义，实在搞不清楚。

只能发点另类的哲学定义和观念：

哲学是要争辩的，至少有两个人以上才能谈哲学。

哲学是一种乡愁。（这很怪，于是便是哲学。）

哲学是对思想的思想。

一个国家如果只有一种哲学，这样的哲学便成为了宗教。

哲学反思思想，如果只以德育代替沉思，用礼教管理思想，则丢掉了哲学，也就失去了哲学的武器和力量。

哲学应该统帅自然科学、社会科学、人文科学，包括医学、教育和艺术……缺乏哲学，没有力度，只有浮华、浮躁的浅薄。

□ 贞节

是解剖概念，还是精神概念？从封建社会到现代文明社会都一直没有定论。

□ 针线

拼凑板块，缝补漏洞。有时太结实了，有时太不结实了，都会引起麻烦。

□ 真话

怎么想的就怎么说。多么简单、多么方便、多么顺当！但是实际上，可是非常复杂、非常困难、非常踌躇。

据估计，青少年所言，90%是真话，10%是假话；成年人90%是假话，10%是真话；老年人（特指垂暮之时，弥留之际）90%是真话，10%是假话。

诚然，有个体差异。

但是，真话未必正确，假话也不都是邪恶。

于是，人们说话难免真假参半，那就看你怎么说，怎么听了。

可是，真话虽不一定全说出来，至少，说出来的应该是真话！

□ **真理**

①哲学的根本问题之一，理论甚多。基本观点是真理是相对的，不是绝对的。所谓相对真理、绝对真理。

我在中学就细读过冯定的"平凡的真理"（也并没读懂）。

下面两位的话简要而明确。

美国哲学家罗蒂（Richard Rorty, 1931—2007）说：

真理不过是我们关于什么是真的共识。我们关于什么是真的共识，不过是一种社会和历史的状态，而并非科学和客观的准确性。

英国诗人拜伦的话浪漫生动而极富哲理：

真理不是权威的女儿，而是时间的女儿。

②"真理是相对的"，这已经是普遍真理。

1922年诺贝尔物理学奖获得者尼尔斯·博尔甚至

说：真理的反面是另一个真理。

于是对于所谓科学的认识也是相对的，科学与"非科学""反科学"在哲学意义上应该是平等的。"反科学"是一种态度，而不是一种罪过，也不一定是谬误。

□ **诊断**

医生的标牌。

□ **争论**

都说真理越辩越明。关键有二：一曰证据，二曰平等。

□ **整容修饰**

面部的整容修饰固然好，但可惜不能遗传。修饰基因更好，可惜谈何容易。所以，还是什么样就什么样吧。

□ **正确的**

只是一个点。

□ **政客**

拿民众或民意下赌注的家伙。赢了是权钱，输了是民众。

□ **政治**

欺骗艺术。

□ 政治家与幽默

政治家也要有幽默,风格不同,无论怎样的政治家。略举三例:

赫鲁晓夫接受记者采访,记者问:"尊敬的尼基塔·谢尔盖耶维奇。赫鲁晓夫同志,我可以提两个问题吗?"回答:"你可以提三个问题。"

在丘吉尔岁生日会上,一位年轻记者表示祝贺,并说:"真希望明年还能来祝寿。"丘吉尔拍拍年轻人的肩膀说:"我看你身体这么壮,应该没有问题。"

毛泽东的延安设宴招待苏联的柯西金,劝其吃辣椒,并称:"不吃辣椒就是不革命!"

基辛格有一次讲演颇受欢迎,掌声不断,最后停下来。基辛格说:"感谢你们终于停止了鼓掌。因为让我长时间的保持谦逊,是很困难的。"

□ 知己

其实爱人和仇人都可谓之知己。没有爱人是寂寞的,没有仇人也是寂寞的。

爱人带给你热烈与期望,仇人带给你冷峻与威胁,两者都会产生紧张感和不安宁。

可能驱逐而苟安自慰?不过,没有爱人,不妨找一个;没有仇人,就让它从缺为好。

□ 知识

知识不如常识重要。

□ 知识分子

　　这样一种可爱而又可悲的人群：他们时常发呆（人称"书呆子"），有时发疯（譬如"右派"），也常发傻（过于"较真"），偶尔发财（知识产权、稿费、专利、发明……），但到自己腰包的所剩无几。

□ 知足

　　做人要知足，
　　做事要知不足，
　　做学问要不知足。

□ 直肠

　　粪袋。

□ 职责

　　长官、上级、家庭等给你发的背包。不好好背，叫渎职；把包扔掉，谓之卸任。

□ 秩序

　　就是1、2、3、4、5……再往后就容易乱了。

□ 智慧

　　思辨能力。不仅仅是知识和技能，而是知识和技能的升华。它是知识和技能的原动力，它是结晶，它是火种。

□ 智商

现在又有了情商、性商……计算结果和实际情况相差甚远,乃试者的营生,受试者的兴趣。诚如考试成绩不代表工作能力。

□ 中文托福

以下是为洋人考中文托福的参考题:

•说曹操,曹操到。来者是谁?(通常误为来者是曹操)

•洞房(误为山洞、窑洞)

•没良心(误为心脏不好)

•长舌妇(误为舌头长的女人)

•红白喜事(答不出)

•元宵从哪来?(通常不知怎样做的,如何把馅放进去而不留痕迹。故常答,和马铃薯一样,从地里挖出来;或像果类,从树上摘下来的。)

•欧阳修的姓与名(考中国复姓)。

•外甥和侄儿的区别(洋人只会说niece、nephew)

•夫人的至少五种称谓(老婆、妻子、太太、内人、爱人。答对3个为及格)。

•妈的。(会答"母亲的"。如果有中国朋友,很快知道这是国骂、京骂。但知道"妈的"后面本应有"X"或其含义者则不多。)

□ 忠告

①不好听的话。
②要提防那些永远不吃亏的人。

□ 忠诚

忠诚是固守信念，通常是"死脑筋"。头脑灵活者，通常不会忠诚。

□ 忠恕孝廉

为人、立世之行为准则，四字方针虽皆为先哲教诲，但须时时领悟，乃成 4×8=32 字信条铭记：

忠——忠诚、敦厚、诚信、执著

恕——宽容、忍让、坚毅、谦恭

孝——孝敬、尊重、感恩、贤达

廉——廉洁、清俭、安贫、知耻

凡此，皆强调慎独自律，即自我反省，自我约束。

□ 钟

人为划分时间的工具。

□ 钟表

以大地和海洋作盘面，以太阳和月亮作为指针的计数光阴的穹宇。

□ **皱纹**

真正能在男人和女人脸上刻画出令人讨厌的皱纹和痕迹是什么?

男人:自私、胆小、卑鄙、贪婪。

女人:狭隘、小气、嫉恨、虚荣。

而最好的润肤剂是善良和宽容。

男女皆然。

□ **猪**

①人类最忠实的朋友之一,牺牲一切献给了人类。

②一种只吃东西不做事情的动物。鼠尚且会打洞,鸟尚且能筑巢。猪的可爱是安于现状,至死不过是一声长叫而已。

□ **烛光晚会**

朦胧的光线,朦胧的杯盘,朦胧的音乐,朦胧的脸庞。把本来面目朦胧着,可以肆无忌惮地做事。

□ **主持人**

宣布开始与结束,介绍表演者,客串节目。让大家鼓掌、跺脚、吹口哨,不厌其烦地重复赞助者的一对男女。

诚然,讲的可不一定是主持人,或者不一定是所有的主持人。

□ 助产士

中文字面是帮助生孩子的人，英文字面是半个老婆。当然无论中外，没有她们，孩子终归要生出来的。

□ 祝贺

多数逢场作戏，少数看热闹、探虚实、不是滋味……再少数才是"同喜""同乐"！

□ 祝寿

为你走向末日喝彩。

□ 著名的

已经很有名了，名字前面还要加一个著名——有点多余；人本来不出名，加一个著名的——又有点不足。著名的这个形容词不太好用，最好不用。

□ 专家

就是大家都知道的，他不知道；大家都不知道的，他知道。

□ 转身

有时一次转身就是永诀，就成隔世。
所以要想好了再转身。

□ 追求

女人总爱说有多少男人追求过她；男人却从不说他追求过多少女人。

□ 子宫

生命摇篮、胎儿宫殿。辛勤劳作，麻烦不断。

□ 子宫帽

一种套戴在女子子宫颈上的塑料薄膜，防止精子进入，是隔离方法的避孕措施。可以认为是打着雨伞淋浴。

□ 自卑

自我缩身术。有时缩入，是为了反弹，千万不要轻信表面的自卑。

□ 自嘲

无奈的、无力的一种自我抚慰；酸楚、凄凉的一种礼貌封闭；谦卑、作践的一种巧妙韬晦之计。

□ 自然平衡

人的智力大抵差不多，属于中等水平，绝顶聪明与极端愚笨者有之，都在少数。

聪明的人，通常有些懒散；愚笨的人，常会勤奋。故可大致平衡。

若聪明者，又十分勤奋，则他人望尘莫及。若愚笨者,却非常懒惰,则难成其事。

所以,我们要有自知之明,至少可以自我调整、找到平衡。

□ 自信

就是自己相信自己。别想歪了。

□ 自传

通常是无法排遣多余光阴的文字游戏。

□ 宗教

人们的信仰、信赖、信奉,
其实这"信"之物乃为自己,乃为自然,
宗教以为这是上帝、神、佛,
无神论以为这是科学。
而上帝、神、佛是看得见、摸不到的,
科学也无绝对的,
于是都有空白。
信者即为信徒,你我他属何方信徒?

□ 综合征

医学名称,指各种症状、体征组成了一个病,或者一种病征。如公众也都耳熟能详的更年期综合征、先天性愚型综合征等。

林黛玉在大观园里是个很"个色"的人物,有美有才、自尊自卑，我行我素，有人爱有人厌。

她的性情表现，除了其个性、地位、处境、人际以外，与宝玉的爱情之缠绵、纠葛也有重要的，甚至决定的关系，可以将其称为"女子爱情综合征"，包括多愁善感、多疑猜忌、狭隘虚荣、胡思乱想、喜怒无常、敏感任性……这些在林黛玉身上全面、集中表现，故亦可命名"林黛玉综合征"。

医书上以外国人名命名的综合征甚多，为何不可以此填补空白？

□ 足够

真有这个词，世界就好了；真有这个词，世界就糟了。所以，建议取消这个词。

□ 足够的

俗话说，知足者常乐。其实是常乐者知足。

□ 足球

人们爱它、迷它，"fun"！狠它、骂它、狗日的、"妈X"！其实，不是对球，而是对球员。还有，球太轻了、太软了，在场上放一个铁球，看大家还折腾不？

□ 钻石

昂贵的石头。不是因为美丽与坚硬，而是因为稀少和难以采制和加工。

□ 嘴巴

一可进食，二可说话的人体器官。但用途已非常广泛：咬人、吹捧、写字、害人、做爱……

□ 最

最，这个词，从哲学上是不应存在的。

□ 最好……不要

几个造句：

信守诺言的最好方式是不要许下诺言。——拿破仑

避免手术并发症的最好方式是不要做手术。（外科大夫的最好境界）

要想不发生结婚后的麻烦的最好方式是不要结婚。

如此，以后的这个造句就变得非常容易了。

□ 醉

难过里有迷茫的眩晕、膨胀的头痛、难耐的折磨、五味的混乱。

但却也蕴含着奇妙的幻想、海市的愿景、飘逸的愁苦、喷薄的炽烈。

欲醉欲醒，愈醉愈醒。

□ 醉鬼

用酒腌制后也发酵了的人。

□ 尊重

尊重的"路标"常常是单向的,即总是向右看——前辈、长官、名家、富者、握权人、大力士、强手……于是,广阔路上的那么众多的人,用尊重的目光将这些人逼向死胡同。

□ 左撇子

都说左力者聪明,那为什么父母还要呵斥、矫正他们?

□ 作家

①基本上是坐在家里编排人生,或者玩弄文字游戏的稿费谋求者。

②卖字挣钱的人,连鲁迅先生也不否认。于是最好是写长篇。

③真正伟大的作家相当于一个政府,需要小心。可以称得上这样的作家有曹雪芹、鲁迅和苏联的索尔仁尼琴,还有?

□ 做事

凡做事,就怕小事不愿做,大事做不了,不大不小的事做不好。

再版后记

有些话在前言说了,有些话在书编著后还要讲讲。新增加的三百多词条依然完全是业余之作。从"词典"的创作而言,似乎与医生的职业无关,但从其内涵而论,却又紧密相连。诚如一个医生诊治疾病,总要关心、了解、理解病人的心理一样,我们的病人是有意识、思想、意愿以及家庭与社会背景的人。于是,琢磨思想、透视人性、观察社会,应该也是医生的职业本能。

词条的解释采取的是另类思考和表达,但无论如何,这只是一点观察、一点思考、一点感悟、一点联想、一点评说,甚至一点调侃,大概难以评判其孰是孰非、是仁是智。鉴于作者的职业能力,其审度问题、表述方法,基本是医学的、生物学的,或者大言不惭地认为有些是哲学的(因为哲学来源于医学,医学归隐于哲学),但却不完全是文学的、文娱的,或者不是政治的。所以笔者以为读者不必从后者去挑剔,但却欢迎、欣赏评论。

词条有针砭、有怪话,或者难听的话,但要理解医生本性的善良和善意。医生本性的洞察应该是深刻的,人性的、社会的缺陷难免,诚如人体罹病,医生不会责怪病人,无论这种疾病显然与病人的行为、习惯、境遇等有关，但医生坚信"疾病不是上帝对某人的惩罚"。坚信这一点对医患双方都很重要，否则医生就无法治病，无法治好病；病人就无法接受治病，无法接受治好病。我们都应一道去寻找病因，改正不良，恢复健康。

这便是编撰《一个医生的非医学词典》的初衷！

词条成文基本不是案头之作，乃是灵机一动，涌上心头，有了词儿，想到事儿，写成字儿。通常在汽车上、飞机上，或零星的时间里，随便的场合上，或者腹稿半成，抽空完成记录而已。可能有引用，力求有出处，但有的只是大概意思，所以难成科技论著的"参考文献"，恕不能列文致谢矣。

我也认为，我只是在寻找和发现元素，是想合成点有意思的、有意义的东西，美丽的、闪亮的、愉悦的。但元素是复杂的，性质是多样的，因此，那些混合物、化合物也一定是多彩的、斑斓的、耐人思味的。

感谢著名作家李国文先生几年前为初版的《一个医生的非医学词典》写过一篇书评，国文先生的睿智、深刻让作者受益匪浅。文中谈到鲁迅、谈到解剖精神，作者当然不能与鲁迅先生相提，解剖精神倒也是一个医生要具备的品质。我敬仰鲁迅先生，甚至斗胆地说喜欢鲁迅先生，他是犀利的、战斗的、辛辣的、坚强的，也是冷峻的、苛刻的（这在当时显然也是必要的、难能可贵的）。作者自认渺小，而嫌宽容。鲁迅学医，其实没有真正当过医生（俄国的契诃夫却是从医至终），而大凡医生作家都敦厚温柔，不一定是优点，却是一种双料职业缺陷。因此,国文先生推崇的鲁迅的解剖精神,只能是作者的期冀,努力的方向。这把解剖刀也许在手术台上比较锋利,比较运用自如,但在纸上恐怕难免迟钝、笨拙。

感谢著名画家韩美林先生慨然将数十幅精美的画图授权于我选择。美林先生的画独具风格,隽永奇特,我选择了25幅,使词条寓意更为深长,为本书添色增光,令作者感佩之致。

感谢薛燕平女士,她是卓有建树的作家,是本书原版的责任编辑,为成书出版的贡献不言而喻。

感谢后浪出版公司的吴兴元主任和王頔编辑,在不长的时间里将本书再次推出,其辛劳使人难以忘怀。

感谢我的朋友、学生们的帮助,刘红玉女士为整理词条及打字劳动颇多,且多为业余所做。

感谢我的家人,他们是本书的第一读者,是最初的评论者和推动者。

作者
2013年春

初版后记

在过去的七年里,我总感觉身后背的这个囊袋——我必须不时把有些东西装进去。而我又总是行色匆匆,忙碌于繁杂、多风险的工作,常常顾不上肩背的重负。我只能"向前走着,走着,看到花朵,脚步就慢下来"(但丁,《神曲》)。或者把思想的碎片积累、压熨起来,以备不时之需。可谓多采撷多沉淀,过后再思量。

于是,我更习惯、更愿意在旅途中做这些事。没有电话呼叫,没有敲门打扰,可以睁眼看看窗外,琢磨这个世界;也可以闭目遁入自己的王国,发号施令于遐想的仆臣;也可以稍微环顾一下四周的人群,他们的眼神,他们的说笑……这时,可以什么都想,也可以什么都不想。这时,我也就可以填写我的词条了。

这个世界,当然是很美好的,那么多可歌可泣的英雄壮举,那么多动人心魄的爱情故事。但对于一个人的人生却又充满艰辛,甚至历经磨难。况且,我们这个世界也从未安宁,有战争、杀戮、恐怖、瘟疫、水患与地震……我们的社会也有欺骗、阴谋、贫穷、愚昧、腐败与暴力……乃至于此,我们捧读泰戈尔的《游思集》、列夫·托尔斯泰的《智慧历书》,就会感到心灵的安宁和思想的明澈，也仿佛那高塔的钟声神飞辽阔。

实际上，当我遴选和编撰词条时，都是想寻找一个与先哲们对话的机会，或者也是想与世人切磋某种观念。我只是想把这种对话和切磋变得生动有趣，至于这些观念是否完全正确则属仁者见仁、智者见智了。我的一个重要出发点是让我们的生活、让我们的人际充满善良、平静、满足与快乐。我们的良知、智慧和意志实际是在这种和谐的氛围中诞生的，并又浓化于这种氛围。

每有机会，或在家里，或在车上，我会念上几段词条，妻子、儿女或同事、朋友听后，觉得还有点意思，对有的说好，对有的说不好，或提出批评、建议，这也是"群众路线"，或如我们科学研究的"预试验"，不无裨益。

书成后，赘上如许多余的话，并未臻不尽之意。

作者
2005年12月

出版后记

本书第一版于2006年出版，距今已有七年，而作者最初落笔写作此书已有十余年时间。这期间，语言的变化繁复，大量网络用语、外来语汇以及诸多词语的另类释义涌入我们的话语环境之中。多一种解释，就是多一种对世界的解读。这本由一个医生写作的"非医学词典"，即是从一个医生的视角，赋予诸多词汇新的释义与内涵，是一种对人、对社会、对世间万物的别样诠释。书中汇集词条近千，涵盖科学、哲学、文学、医学、宗教、生活等各个领域，聚沙成塔，故称为"词典"。

本次改版，我们反复讨论，最终决定将本书重新命名为《一个医生的非医学词典》，即作者叶维之在工作之余，琢磨思想、透视人性、观察社会的独家记录，更显贴切直观。在内容上，本次新版增加了三百多个词条，并对原有词条内容进行了更新与补充，从多重角度对当今社会进行更为深刻地诠释与解读。

作者叶维之从医五十余年，在放下手术刀、执笔写作的闲暇之时，也力图剖析社会的病症，寻找隐处的病因，一如当年的鲁迅先生。在《一个医生的非医学词典》中，他以一个医生看待病人的目光，锐利、精准、细致、深刻地观察、审视世间众生百态；以笔代刀，直言不讳地给世界开出诊断单，"揭露了现实社会中的种种虚伪、丑陋与可笑之处，也着力维护着人性中的正直、善良与美好"，力图分清是非，明辨荣辱。犀利的言辞背后是作者善意的劝诫，显示其身为医生与作家的良知与操守。同时，作者用一种调侃的语气，辛辣之余尽显中国式的智慧与幽默，堪称中国的"魔鬼词典"，让人捧腹大笑之后不禁掩卷深思。

服务热线：133-6631-2326　139-1140-1220
服务信箱：reader@hinabook.com

后浪出版咨询（北京）有限责任公司
2013 年 7 月

图书在版编目（CIP）数据

一个医生的非医学词典 / 叶维之著. --北京：北京联合出版公司，2013.8
ISBN 978-7-5502-1784-3

Ⅰ.①—… Ⅱ.①叶… Ⅲ.①杂文集－中国－当代 Ⅳ.①I267.1

中国版本图书馆CIP数据核字（2013）第163878号

一个医生的非医学词典

作　　者：叶维之
供 图 者：韩美林
选题策划：后浪出版咨询（北京）有限责任公司
出版统筹：吴兴元
特约编辑：郝　佳
责任编辑：刘　凯
封面设计：红杉林文化
版面设计：王雨薇
营销推广：ONEBOOK
装帧制造：墨白空间

北京联合出版公司出版
（北京市西城区德外大街83号楼9层　100088）
北京联兴华印刷厂印刷　新华书店经销
字数173千字　889毫米×1194毫米　1/32　9印张
2013年9月第1版　2013年9月第2次印刷
ISBN 978-7-5502-1784-3
定价：36.00元

后浪出版咨询（北京）有限公司常年法律顾问：北京大成律师事务所　周天晖 copyright@hinabook.com
未经许可，不得以任何方式复制或抄袭本书部分或全部内容
版权所有，侵权必究
本书若有质量问题，请与本公司图书销售中心联系调换。电话：010-64010019